우리
시대의 독자

우리
시대의 독자

박종석 지음

박종석의 독서궁리

讀書窮理

독서 인생

책 읽기는, 과연 행복할까?

학위를 받기 위해 전공 관련 책을 읽은 것 같은데, 시간이 지날수록 현실적인 목적을 가진 책 읽기였다는 생각에 머물게 된다. 논문 작성에 필요한 연속적인 읽기가 현실적인 삶의 행위에만 국한되었지만 동시에 정신적인 결이 조금씩 쌓이고 있었다는 점은 뇌리(腦裏)에 남게 된다는 게 사실이고, 또한 읽기란 나에게는 현실적, 경제적인 삶의 양식이라는 사실을 부정할 수도 없다. 논문을 작성하면서 참고 도서에 대한 평가는 논의를 하는 과정에서 이미 이루어졌다고 생각한다. 저자들의 생각은 졸고의 좋은 스승이었다. 논문으로 한 분야에 한 꼭지 정도의 성과와 출판과 전공 강의를 통해 수익도 있었다. 그런데 이러한 책 읽기는 가치관이 혼란스러운 현실에 자신의 삶을 찾아가는데 부족하다는 뒤늦은 성찰에 접어들게 되었다.

복잡한 현대 산업 사회를 넘어 초(超)연결 사회로 변화되면서 점점 자신을 잃어간다는 생각을 지울 수 없다. 자아 상실의 순간, 무엇인가를 붙잡고 싶지만, 그것조차도 쉽지가 않다. 주변에서 쏟아지는 각종 정보 때문에, 그리고 변화무상(變化無常)한 현실 때문에 옳고 그름조차도 판단할 수가 없는 지경이 되었다는 생각까지 든다. 지금 이 순간, 나는. 그러니 도대체 '나'를 종잡을 수가 없다. 자신을 지탱해 줄 무엇인가가 필요한 시대이다. 어느 순간, 자신을, 지탱해 줄 수 있는 것이 무엇인가? 그것은 분명 자기 생각뿐이라는 길목에 도달하게 된다. 길목을 좀 더 더듬으면 개인의 가치관이 결국 보인다. 그렇다면 이 가치관은 어디서 연유하는 것일까? 출렁이는 찻잔 속의 희로애락에서 방황하는 모습을 자신의 가치관으로 착각(錯覺)하면서 살아 온 것은 아닐까? 아마도 세속적(世俗的) 가치를 추구하면서.

　깊은 산속에서 '자연인'이라 불리며 자신의 삶을 살아가는 사람들을 종종 방송을 통해서 본다. 자연인을 애청하는 중년 남성들이 자연인을 시청하는 이유는 현재 아내와 살고 싶지 않다는 욕망을 실현하고 싶다는 우스갯소리도 들린다. 산속 생활이란 자연인이 그야말로 삶을 긍정적으로 살아가는 자연 속의 생활이다. 한편으로 이들을 통해 느낀 것은 세상과의 거리두기처럼 보였다. 산속 생활은 결국 산나물 채취와 지난 삶에서 회의를 느낀 회복할 수 없는 인간의 갈등이 도심과의 거리 두기를 하는 것처럼 보였다. 산속 생활은 자신의 마음을 내려놓기이다. 이것만으로도 방황 속에서 사는 삶에서 벗어나는 것처럼 보여 동경

(憧憬)이면서도, 역설적이게도 산속의 삶 자체가 버거운 삶으로 보여 고뇌(苦惱)이기까지 하다. 산속에서 삶의 방향을 잡고 살아가는 모습을 방송에서는 볼 수 있다. 자연인의 모습을. 이들을 '자연인'이라 명명한다. 비유하자면 나에게 독서는 산골 생활에서 나물을 채취하고 뿌리를 캐 삶을 영위하듯이 책을 독파(讀破)하고, 산속의 버거운 삶처럼 고독한 책 읽기의 연속적인 행위이며, 또한 세속적인 판단과 절연(絕緣)하며 욕망의 마음을 내려놓고 사는 것과 같다. 단지 그들은 자연과 함께 흘러가는 것처럼, 나는 독서하는 인생을 살면서 '책 일기'를 쓸 뿐이다. 살면서 아픔과 기쁨이 늘 공기와 같이 상존해 있다. 아픔은 아픔대로 삶을 성숙하게 만들 것이고, 기쁨은 배가 되나 더 큰 기쁨을 기대하는 욕망 때문에 쉽게 잊어버리고 만다. 기쁨은 어디서 오는가? 단언컨대, 난, 책에서 얻는 기쁨이 적지 않다고 본다. 그러나 기쁨을 얻기 위한 노력은 고통스러우나 기쁨의 크기를 알기 때문에 책 읽기는 행복하다. 책 읽기를 통해 얻은 즐거움과 행복을 저장하고 기록하는 '책 일기'도 중요하다. 그래서 책 일기를 쓴다. 이 책은 책 일기이다.

독서 인생은 단순한 읽기이거나 지식과 교양 쌓기만일까? 궁극에는 '자아'를 찾는 것이 아닐까? 독서의 이상적 가치는 자아 찾기이고, 그리고 현실적 가치는 대상 찾기이다. 자아 찾기는 자아가 추구하는 가치, 자아와 관련한 문제 해결 등을 포함하지만 현실적 가치인 대상 찾기는 자아보다는 대상을 찾고 대상으로부터 빚은 갈등을 해결하려는 현실적인 독서가 필요하다. 대상이란 무엇인가? 대상이란 인간이, 나 자신이 인식하고 있는 현실적인 문제다. 현실적인 문제는 바로 많은 사람들이 자신만의 정보와 착각(錯覺)에 따른 판단만이 옳다고 하는 확증편향적(確證偏向的) 사고에 빠져 균형(均衡) 감각(感覺)을 잃어버린다는 특징이 있다. 심지어 자신뿐만 아니라 인간과 인간 사이의 갈등(葛藤)을 유발하고 있다. 확증편향적 사고가 빚은 인간 사이의 갈등으로 파생(派生)된 문제를 해결하기 위해 다양한 지식을 습득해 폭넓은 사고를 해야 한다. 균형 잡힌 독서가 바로 문제 해결의 단초(端初)이다. 그래서 책을 읽는다. 나 자신이 확증편향이라는 깊은 수렁에 빠져있지는 않았는지 하는 성찰과 함께.

종교 서적이나 논어(論語)와 같은 고전(古典)이 나를 고통스럽게도 하면서 한편으로는, 행복을 준다는 사실은 부인할 수 없다. 왜냐하면 인간의 깨달음과 삶의 지혜를 주는 고전이라는 평가 때문이다. 옛사람들은 이치를 궁리함에 독서보다 앞서는 것이 없다고 했는데 '궁리(窮理) 막선어(莫先於) 독서(讀書)'라고 했던 이유를 알 수 있다. 그러나 고전에 담긴 그 깊이를 터득하기까지는 평생도 부족할 것이다. 부족함을 깨닫는 순간, 그래서 나는 점점 더 왜소(矮小)하다는 생각까지 든다. 왜소함에서 벗어나려면 독서를 멈출 수가 없다. 널리 알려진 고전(古典)을 읽는 고전(苦戰)에서 벗어나지 못하면 행복해지기보다는 독서와 멀어짐과 동시에 책에서 얻을 수 있는 행복마저 잃게 된다. 독서의 편식주의자(偏食主義者)라는 생각까지 들지만, 나는 내가 읽고 내가 나를 찾을 수 있고, 또한 나의 삶, 그리고 나의 생각과 충돌되는 지점에서 생긴 갈등을 해결할 수 있는 실마리를 찾아 행복해진다면 나는 만족(滿足)한다. 독서의 편식주의자일 수도 있으나, 오늘을 살면서 독자인 '내'가 행복해지는 책을 읽겠다. 각종 매스컴이나 독서와 관련한 단체에서 추천하는 도서에 숨겨진 홍보성, 그리고 추천자의 추천 도서에 대한 치열함에 의구심이 들기 때문이기도 하다. 그래서 자유롭게 읽고 싶다. 자유로움과 자유로움 속에 숨어 든 고독, 그 고독은 동전의 양면처럼 보이나 절대 고독 속에 강철(鋼鐵) 같은 단단함이 또한 숨어 있다. 나의 자유로운 책 읽기를 통해 단단한 독자가 되고 싶다. 책을 읽으면서 살아가는 '독(讀)·생(生)·자(者)'가 되고 싶다. 책의 선택은 자유로움이고, 그 자유로움으로 택한 책은 개인의 선택에서 이루어짐과 동시에 읽기가 시작되고, 이루어지는 과정의 고독함이 내재해 있고, 그 고독함 속에 쌓이는 정신적인 두께가 점점 강철처럼 단단해 질 것이다. 책 읽기는 강철이다. 또한 독서는 독생 [讀生]이다. 독자도 자신의 이름을 걸고 독서해야 한다.

독생자가 된다면, 몇 가지를 고민해 둘 필요가 있다.

첫째, 독서를 통해 나를 찾았느냐? 졸렬한 생각에 변화가 있었는가? 세계적 예술품인 반가사유상은 그 외현적 아름다움보다는 '나'를 찾기 위한 사유가 빛나는 것이 아닌가.

둘째, 삶에서 겪는 갈등은 독서를 통해 해결의 실마리를 찾았느냐? 개인부터 거대한 기후 환경이 끼친 갈등까지.

그리고 독서를 통해 행복했느냐?

이런 가치를 담은 책이 있다면, 나는 책처럼 살고 싶다.

물론 인생의 지혜를 담은 인쇄된 책을 구입할 준비가 되어야 독자다.

이러한 고민에 하나라도 동의하지 못한다면 '독생자'라고 부르고 싶지 않다. 나는. 책의 운명은 독자가 결정한다.

제1부는 독자와 작가 관계 속에서 독자의 구체적인 모습과 태도를, 시대 상황 속의 작가 정신의 가치를 읽었다. 제2부에서는 사람을 중심에 놓고 사물에 대한 관계를 들여다볼 수 있었다. 제3부에서는 복잡한 사회 현상에 대한 궁금증을 쉽게 이해할 수 있도록 정리된 도서들이었다. 그리고 제4부에서는 예술과 표현에 화폐의 가치가 결부되는 현실을 이해할 수 있었다. 혹여, 이 졸저를 읽게 되는 독자가 있다면, 독자에게는 적어도 '책(원작) 속의 책(정보)'의 역할을 해야 한다는 생각이다. 그래서 독서를 통해 필자가 의미 있다고 생각하는 책의 주변 정보도 졸저에 곁들였다.

'독생자'인 필자가 궁극적으로 닮고 싶은 인간 - 평생 해외 신간과 한국 고전을 치열하게 읽었던 영문학자, 민족시인 만해를 연구했던 비평가, 시대와 언어를 고민했던 모더니스트 시인 송욱, 그 송욱과 절친한 불문학자, 평론가 김현이 남긴 『행복한 책 읽기』에서 졸저(拙著)의 제목을 떠올렸다. 독생자인 나의 삶이 송욱과 김현 선생의 그림자쯤 될 지… 그리고 백담사 한용운

동상 옆에 선 내 청년의 모습도 생각해 보았다. 여태까지 전공 공부와 독서를 통해서 그래도 여기까지 왔다.

그리고 생각해 보니 나의 한계가 보였다. 그리고 글을 쓰면서 한계가 보였다!

이제 나를 찾는 독서를 시작한다.

독자(讀者) 정신 연구소, 박 종 석.
2022년 1월 즈음에 마치며.

목차

제1부

독자 정신과
작가 정신

- ◇ ◆ ◆ ◆ ◇ -

    문자가 없었던 시대, 신의 세계로부터 말을 들은 인간이 소위 천명(天命)이라는 명분으로 권력을 쥐었다. 인간의 욕망이 권력에 있기 때문에 서로 권력을 쥐려고 하는 자 사이에 권력 투쟁이 생기고, 권력을 쟁취하기 위한 칼의 시대가 시작되었다. 칼의 한계는 공감과 소통보다는 개인의 의지나 자유를 억압하는 힘에 있다. 칼로 권력을 지키려면 엄청난 피가 수반되는데, 피는 칼의 위엄에도 도전을 받게 된다. 칼에 대한 저항이 항상 도사리기 때문이다. 그래서 칼을 사용하지 않으면서도 칼의 위엄을 알리는 공감과 소통이 되는 지식이 필요하다. 이제는 칼 사용 대신에 소통과 공감의 리더십이 필요하다. 칼의 사용이 어떤 결과를 가져오는지를 지식으로 체계화해서 권력자가 권력을 유지한다면, 무력보다는 지식의 힘으로 정치를 할 수 있는 이상적인 책략이 되는 것이다. 조선 시대, 칼의 힘을 지녔던 이성계의 역성혁명 이후, 세종의 문치가 통할 수 있었던 이유로 설명할 수 있다. 신의 세계에서 칼의 세계가 문의 세계로 이어지면서 문을 어떻게 얻을 것인가의 문제까지 도달한 것이다. 문은 글로 이루어지고, 그 글은 지식이며 정보요, 그 정보를 가진 자가 권력을 대체할 수 있는 부를 축적하는 시대가 되었다. 그래서 글을 어떻게 읽을 것인가에 대한 문제로 직결되었다. 글을 읽는 방법 즉 독서의 시대가 도래한 것이다. 수많은 지식인들의 독서가 세계의 변화를 가져왔다는 사실이 그 반증이다.

역사의 물결이 요동칠 때마다 시대를 고뇌하는 인간에게는 인간의 삶이 짓밟히거나 왜곡되어서는 안 된다는 시대 정신이 요구되었다. 불편한 시대, 부조리 사회, 왜곡된 현실에 치열한 시대 정신은 깨달음으로부터 시작된다. 현대인이 이 같은 깨달음의 정신을 타고난다면 초인(超人)이라 할 수 있다. 현대인이 스스로 초인이 되거나 또한 만나기는 쉽지가 않다. 다만 초인같은 삶을 산 인간의 삶을 입체적으로 따라간다면 올곧음에 영향을 받거나 초인과 같은 영감을 얻을 수 있다. 주지하다시피 초인이 살았던 역사는 사라지나 역사적 인물은 책 속에 남게 된다. 이들의 삶이 담긴 평전 혹은 전기 같은 책, 그의 치열했던 삶을 추론해서 평가한다면 시대 정신을 배우게 된다. 시대의 길목을 안내하는 사람을 만나거나 초인의 삶의 궤적을 책을 통해 찾는 것이다. 그리고 시대 정신을 담은 책을 대하는 독자들에게는 반드시 '독자 정신'이 필요하다.

작가는 생각의 크기만큼 언어로 표현한다. 언어에 담긴 의미는 글쓴이의 생각의 크기에 비례한다는 의미이다. 그 크기를 읽고 분석하고, 이에 공감하는 것이 책에서 얻는 독자의 실익이다. 실익에 그치는 것이 아니라 독자의 삶에 윤활유가 될 것은 당연하다. 그래서 생각의 크기가 담긴 독서는 독자 정신을 치열하게 만든다. 왜냐하면 책에는 '깨달음이 큰 삶'라는 공안(公案)이 담겨 있기 때문이다. 공안은 깨달음에 이르는 수단과 방법이다. 율곡은 경전을 공부하면 세상의 분별하는 궁리를 통해 자신을 변화시켜 성인의 길에 도달할 수 있다고 했다. 궁리는 공안과 같은 것이다. 퇴계 이황은 12살에 인간의 올바른 삶의 도리인 '이(理)'에 대한 성찰이 이루어졌다고 하니, 깨달음은 나이와 상관없기도 하다는 생각이 든다. 이황은 역사적 권력의 논쟁이 파란만장했던 조선 조정에서 벗어나 '시냇가로 물러나 있기[퇴계(退溪)]'를 자처했던 인물로 우리가 현실에서 좇는 권력에 대한 비판적 행동을 보여 준 사표라고 할 수 있다. 이광철 카이스트 총장은 국가 미래전략 수립을 위해서는 정파와 이해에 치우치지 않는 '선비 정신'이 필요하다고 주장하면서, 그 선비 정신의 표본으로 퇴계 선생을 꼽았다. 이는 바로 입고출신(入古出新)의 예이다. 어쩜 10대에 부인을 힘들게 했던 간디도 10대 후반 아버지의 충고에 따라 삶의 방식을 바꾸었고, 이후 만년에는 스스로를 광활한 우주 속의 '먼지'에 비유했을 만큼 깊은 성찰을 했다는 이야기에 주목할 필요가 있다. 간디를 직접 만날 수는 없는 수많은 독자들이 간디와 같은 깨달음의 삶을 다룬 『간디 자서전』을 읽어야 할 이유이다. 독자는 읽고 치열하게 삶을 살아야 하는 '독자 정신'을 가져야 한다. '이른 아침에 / 먼지를 볼 수 있게 해주셔서 감사합니다. / 이 제는 내가 / 먼지에 불과하다는 것을 알게 해주셔서 감사합니다. / 그래도 먼지가 된 나를 / 하루 종일 찬란하게 비추어주셔서 감사합니다.'("햇살에게")라는 정호승의 시가 그래서 연상되기도 한다. 이들 현자들의 삶의 궤적을 통해 알게 된 하찮은 '나' 자신은 과연 어떤 존재인가로 귀결되지 않을 수 없다. 가장 작은 것에서 거대함을 배운다고 할까. 냉소적(冷笑的)이지만 자신이 아주 작은 것일 뿐이라는 깨달음도 필요하다. 그러나 거대함의 언저리에서 자신의 작음을 깨달으면서 자아를 발견할 수도 있지 않을까.

조선 명종 대에 수렴청정(垂簾聽政)했던 문정왕후가 국가 존망과 백성의 삶을 도탄에 빠뜨렸을 때, 권력의 눈치를 보지 않고 상소문을 통해 과부가 나라를 다스린다고 비판했던 남명 조식, 궁핍의 현실과 정신적 풍요의 차이를 냉혹하게 비판하면서 노벨 문학상을 거부했던 사르트르의 삶을 본다면 나 자신이 '인간'이라는 근원적인 성찰의 길목에서 서성이게 된다. 이 위인들과 함께 동시대를 살지 못했지만 이들의 삶과 철학의 가치를 담은 책을 통해 지혜를 얻게 된다면, 반드시 치열함을 넘어 독자 스스로 자신의 크기를 볼 수 있는 것이다. 또한 단순히 읽고 분석하는 데만 통하는 독서를 넘어 시대 정신을 추구하는 독서를 대하는 '독자 정신'이 필요하지 않는가.

생산과 소비의 측면에서 보면, 독자는 까다로운 소비자다. 소비자의 권리는 단순히 물건에 대한 소유자이기보다 작가와 출판업 관계자까지 평가하는 개념이다. 작품의 구입은 곧 작가와 출판계에 대한 가치를 평가한다. 작가 정신이 담긴 책을 가격과 상관없이 구입할 정도는 되어야 독자 정신을 가진 독생자가 아닌가. 최근 초록색 양가죽 표지와 케이스에 24K 금박 문양이 박힌 도스토옙스키의 장편 소설 『죄와 벌』이 단 7일 만에 100권 한정판(22만 원)으로 완판되었다. 도스토옙스키의 문학사적 가치와 함께 탄생 200주년 기념으로, 출판된 이 책은 코로나19의 한국 출판계에 반짝 빛이 났다. 도박벽과 낭비벽, 그리고 간질병으로 평생을 살았던 19세기 러시아의 대문호인 도스토옙스키는 평생 돈 때문에 거작을 썼다고 한다. 심지어는 생활고 때문에 잡지에 기고를 했고, 도박 빚 때문에 『죄와 벌』을 집필했다는 일화도 전해지고 있지만, 결국은 세계문학사의 거작이 되었다. 심지어는 『도박꾼』은 그의 둘째 부인이 구술로 받아 적은 작품이라고도 한다.

2022년 102세 김형석, 그는 연세대 명예 교수다. 중2 때 레프 톨스토이(1828~1910)의 장편 소설 『전쟁과 평화』를 읽고 철학의 길로 들어섰다고 한다. 그는 '젊은이들이 인터넷이나 TV보다 책 읽기에 집중해야 한다'면서 '문학, 고전뿐만 아니라 역사적인 인물의 전기와 자서전을 많이 읽었으면 좋겠다. 객관적인 정보를 얻는 것에서 멈추지 말고 독서를 통해 자신만의 생각을 쌓아야 한다.'라고 강조했다. 또한 그는 글쓰기의 비결을 독서에서 찾았고, '좋은 글을 읽으면 자연히 쓰고 싶어지고 또 잘 써집니다'라고 하면서, 10년 독서가 쌓이면 인생이 달라진다고 한다. 독자 정신은 결국 명작을 구입하고 작품에 대한 감상과 냉철한 평가에 인색하지 않는 독자가 되어야 한다. 세계적 베스트셀러인 해리 포터 시리즈의 첫 작품 『해리 포터와 마법사의 돌』 초판 양장본 한 권이 경매에서 약 1억 3천만 원에 판매가 되었다. 초판 양장본 500권 중 300권은 도서관에 보관되었지만 대부분 심각하게 훼손(毁損)되었다고 해외에서 전한다. 그리고 저자 사인이 있는 초판본은 2017년에 10만 6천 파운드 정도로 판매되었다고 전해진다.

독서를 통해 자신과 세상을 변화시킨 이들을 보면 독서의 힘을 확인할 수 있다. 과연 독서가 그렇게까지 세상을 바꿀 수 있는지… 성공한 이들은 한결같이 독서의 힘을 강조하고 있다. 미국 전기차의 테슬라 최고 경영자인 일론 머스크, 페이스북의 창업자인 마크 저커버그, 아마존 창업자 제프 베이조스, 마이크로소프트 설립자인 빌 게이츠, 이들은 독서광이다. 생산적인 독서광이다. 이들은 현재, 독서를 통해 미래를 열고 있는 사람들이다. 독자들이 책에 대해 고민하는 이유는 독서량과 독서의 질 때문이다. 이 또한 독자 정신이 중심에 있다는 생각이 든다. 나의 존재와 갈등 모두는 독서를 통해 하나씩 해결될 것이라는 생각으로 책 읽기를 시작해야 한다. 이것이 독서궁리(讀書窮理)이다. 이해하지 못한 책 내용을 백 번이라도 읽어 이해할 때에만 가치가 있다. 이것이 바로 독서궁리이다. 그래서 책 읽기는 계속된다.

사람은 생각만큼 행동한다. 생각이 크면 행동이 개인이나 사회에 크게 영향을 끼치게 된다. 생각이 좁으면 그 행동 또한 좁을 수밖에 없다. 그러니 생각을 크게 하는 방법은 초인을 만나거나 초인의 생각이 담긴 독서를 하는 방법이 있다. 노자가 말하는 대지대성(大知大成) 소지소성(小知小成)이다. 초인을 만나는 경험과 함께 지식을 축적한 책을 통해 자신은 변화하게 된다. 책의 내용이 그래서 중요한 것이다. 책의 선택과 독서의 방법이 중요한 이유이다.

정조 때, 문체 반정으로 유배를 갔었던 연암 박지원, 그는 『허생전』의 주인공 허생의 삶에서, 유교 사회의 선비로서 글 읽기를 작심하고 자신의 그 높이를 쌓을 때까지 계속 글 읽기를 하고자 했으나 생계를 이유로 독서를 접었다. 결국 조선 시대 계층 구조인 사농공상에서 중상주의의 필요성과 함께 매점매석이라는 비윤리적인 경제 문제를 지적하면서 비판과 풍자로 세상의 문제를 짚었다. 신출귀몰한 능력을 갖춘 허생은 국난을 극복하는 데 대안을 제시하지만 받아들이지 못한 조선 조정에서 홀연히 사라진 채, 지금도 그 끝을 알 수 없다. 연암은 『허생전』을 썼고, 『허생전』의 주인공인 허생은 결국 글 읽기를 멈추었다. 허생은 소설에서 도인 정도까지 묘사되고 있지만, 소설에서 그 종적을 멈추면서 글공부는 그치고 만다. 만약 그의 글 읽기가 멈추지 않았다면 어떻게 되었을까? 허생이 사라진 현실에 독자가 허생이 말한 7년 동안의 독서를 한다면, 허생의 생각을 읽을 수 있지 않을까? 연암의 생각까지도 이해할 수 있지 않을까? 이 또한 독서궁리이다. 영국의 인쇄공으로 주경야독(晝耕夜讀)을 통해 세계적인 비평가로 평가를 받은 콜린 윌슨은 독서궁리를 통해 진정한 인간의 모습을 찾았다. 본질을 찾아가는 인간의 참모습을 그는 '아웃사이더'(outsider)로 명명했다. 그는 침낭 하나로 생활하면서 대영 박물관의 독서실에서 책을 읽었고, 24세에 『아웃사이더』(1956)를 출판했다. 연암도 그리고 조성기도 김수영도 최인훈도 모두 우리 시대의 아웃사이더였다.

제1권

조성기의 『우리 시대의 소설가』

독자의 정체성, 그 부활

나는 조성기의 『우리 시대의 소설가』(1991년, 이상문학상 수상)를 독서(讀書)의 무게 중심에 놓고자 한다. 왜냐하면 나는 독자(讀者)이기 때문이다. 독서의 본질(本質)을 '자아 찾기'라고 할 때, 책을 읽는, 즉 실제 독자가 '독자 정신 찾기'가 가능하다는 의미이다. 결국은 책 읽는 독자 자신이 누구인지를 알아야 한다. 즉 독자, 그 정체성을 파악해야 하기 때문이다. 이 책을 주목한 이유는 독자의 정체성을 가장 먼저 보여준 작가가 조성기이고, 소설 속의 주인공인 소설가 '강만우'가 지니는 무게 때문이다. 그리고 이 책에 등장하는 독자이면서 자동차 영업 사원인 '민준규'의 이야기에 또한 귀를 기울여야 하기 때문이다. 왜냐고? 민준규는 우리가 독서를 어떻게 해야 할지를 은근히 암시하고 압박하는 인물이기 때문이다.

독자들은 이문열의 『우리들의 일그러진 영웅』의 주인공 엄석대와 같은 권력형 인물에 대한 혐오(嫌惡)와 회의감을 떠올릴 수도 있고, 조정래의 『태백산맥』과 같은 거대한 민족사의 쟁점인 이념을 중심에 놓고 서사 담론이 진행되었다는 점을 상기할 수도 있다. 그리고 평자들은 박경리의 『토지』는 한 가문이 외세와의 갈등을 그린 장편 대서사시라고 평가를 한다. 박정희 독재정권, 6.25 전후 이념의 시대적 상황, 그리고 일제강점기라는 시대적인 흐름과 관계없이 한국의 대표 문학상인 이상문학상 수상작으로 꼽혔다는 점에서도, 한국 소설 문학사의 전환점이 되었다는 점에서도, 『우리 시대의 소설가』를 주목할 가치가 있다. 특히 독자인 민준규를 눈여겨보아야 한다.

많은 작품을, 혹은 독서 후에 시간의 흐름에 따라 뇌에서 소멸(消滅)되는 경우가 많지만 적어도 엄석대, 서희처럼 혹은 민준규처럼 시대의 상징적인 인물들은 독자의 기억에서 사라지지 않는다.

이청준의 『소문의 벽』에 등장하는 소설가 박준이 시대의 문제를 표현할 수 없는 자신의 세계에 대해 갈등한 부분을 주목할 필요가 있다. 1960년대 김승옥과 함께 이청준은 이승만, 박정희로 이어지는 억압의 현실을 그린 대표적인 작가이다. 『소문의 벽』은 1971년도 발표작으로, 역시 인간의 자유에 대한 억압의 시대였던 70년대의 현실을 은유적으로 표현하고 있다. 편집 담당 안형은 시대 양심에 부합해야 한다는 절실함을, 그리고 '나'는 작가 자신만의 방식으로 시대 정신에 투철할 수 있다는 갈등

속에서 소설가 박준의 작품이 놓이게 된다. 『소문의 벽』에 등장하는 소설가 박준은 6.25 전쟁 상황에서 정체를 알 수 없는 전짓불 공포로부터 자신을 말할 수 없는 진술 공포증에 시달리고, 이 진술 공포증 때문에 박준은 진술을 억압당한다. 작가란 진실한 자기의 진술 행위인데, 이는 전짓불 공포 때문에 억압당한다는 것이다. 그래서 소설가 박준은 자율적인 창작의 주체로 진술하기를 실패한 인물이다. 그러나 소설가 강만우는 너무나 자율적인 진술 행위 때문에 독자의 공포가 사라진 자기 진술의 행위를 맘껏 누리고 있다. 강만우는 자기 진술의 자만이 낳은 비극적인 인물이다.

조성기의 『우리 시대의 소설가』는 독자 정신뿐만 아니라 소설가 정신 문제를 다루고 있다. 60년대는 표현의 자유 억압이, 80년대까지 이어졌지만 정치 민주화가 진전된 90년대는 소멸하면서 개인의 자유의사 표현과 자본의 발달이 가속화되면서 개인의 표현 자유에 대한 책임을 묻게 되었다. 이 물음은 1991년 조성기의 『우리 시대의 소설가』를 읽어야만 그 이유를 알게 된다.

민준규는 강만우에게 전화를 건다.
"여보세요."
"거기가 강만우 씨 댁입니까?"
"그런데요"
"지금 전화 받는 사람이 강만우 씨입니까?"
"예, 그렇습니다만."

"『염소의 노래』라는 소설을 쓴 강만우 씨 맞습니까?"

"네, 맞습니다. 그런데 무슨 일로?"

"그 소설을 내가 사서 읽었습니다."

"아, 감사합니다. 내 소설을 읽어주셔서."

"감사할 것까지는 없소. 내가 전화를 건 건 **환불**해 달라고 걸었으니까."

"네? 뭐라 하셨습니까?"

"**환불**요. **물건을 잘못 사면 물건 값을 도로 돌려주잖습니까?**"

"무슨 말씀이신지? 혹시 **파본**된 책을 구입하셨습니까? 그러면 나한테 연락하지 말고 책을 산 서점이나 출판사로 연락해서……"

"이보시오, 나도 그런 것쯤은 알고 있습니다. 내가 환불 받기를 원하는 사람을 바로 강만우 씨 바로 당신이란 말이오."

"어, 그러니까 내가 당신에게 환불을 해달라는 이 말씀입니까?"

"이 사람이, 소설을 쓰면서 말귀는 못 알아듣네. 당신 소설을 읽느라 괜히 시간만 낭비했으니, **소설을 쓴 당신이 환불을 해주어야 된다** 이 말이오. 내 말 이제야 알아듣겠소?"

"어, 그건. 어"

"이 사람이, 말을 더듬거리긴. **불량 상품**을 만들어 팔아 **소비자**에게 **손해**를 끼쳤으면 상품을 만든 회사가 책임을 져야 하듯이, 소설가 당신이 내 손해를 물어줘야 된다, 이거요"

"다르긴 뭐가 달라요? 그럼, 당신이 쓴 소설에 대하여 책임을 안 지겠다 이 겁니까? 소설책을 내놓고 돈을 받아요, 안 받아요?"(28~29쪽)

'강만우'는 한국의 대표적인 작가요, 소위 베스트셀러 작가로 인정받고 있다. 그래서 각종 문학 강연, 신문소설 연재, 집필 등등으로 바쁜 시간을 보내고 있다. 그는 작가의 권위를 맘껏 누리고 있는 셈이다. 어느 날 강만우 집 앞에서 민준규는 초인종을 누른다. 그 초인종은 바로 강만우의 집 초인종이다. 민준규는 작가 강만우가 쓴 책을 읽고, 재미가 없으니 손해 배상을 하라고 찾아온 것이다. 두 인물의 대화는 소설 작품에 대한 '환불' 소동이다. 독자인 민준규는 소설이 정신적인 불량 상품이라는 이유로 환불을 요구하는 것이다. 작가가 생각한 불량 상품은 파본이 주된 이유인데, 민준규는 작품이 자신의 정신을 오염시켰다는 당혹스러운 이유로 강만우에게 책값 반환을 들이민 것이다. 정말 현실적으로 가능한 일인지…… 그래서 강만우는 어이없다는 듯이, 아니 책이 낙장이거나 파본인 경우 서점에 가면 배상이 되니 가보라고 역정을 내며 초인종으로 연결된 전화를 끊어버린다. 아니, 세상에나 내가 쓴 명작이 재미가 없다고…… 무식하기는……(필자: 내 작품에 대해 정말 1도 모르면서).

'책을 고르는 당신의 분별력에 문제가 있는 점을 어떻게 생각합니까?'라고 소설가 강만우는 '작가의 자존심'을 내세우며 되묻는다. 민준규에게, 또한 독자들에게.

독자들은 '작가의 책임'을 강조한 민준규와 같은 생각을 해보지 않았기 때문에 민준규와 우리는 전혀 다른 인물일 수 있다. 그래서 민준규의 외침을 독자들은 생각해 보아야 하지 않을까? 그렇다면 독자의 분별력을 짚는다면, 작가의 자존심인 '작가 정신은 무엇인가'라는 반문을 독자들은 당연히 해야 하지 않는가?

소설은 현실에서 일어날 수 있는 참말 같은 거짓말이고, 현실의 사건과 일치하지 않지만, 그러나 현실에서 일어날 수 있는 거짓말 같은 참말의 이야기이다. 작품 속의 환불 소동은 엉뚱하게도 정치인 추미애와 작가 이문열의 정치적 사건, 그리고 진중권과 이문열의 언론 사건, 또 해운대 이발사의 도서 화형(火刑)식 사건도 이 소설의 사건- 환불 소동-과도 연결이 된다. 2001년 7월 – 언론 세무조사에 대한 부당성을 기고한 이문열에 대해 정치인 추미애가 '가당치 않은 인물'이라고 욕설을 하자, 이에 당대 최고의 판매 부수와 이름난 작가인 이문열은 당신들은 내 책을 읽었다는 말을 어디 가서 하지 말라고 분개하며, 책값을 돌려주겠다고 말한다. 소설 속의 강민우처럼 책값을 반환하겠다고 큰 소리를 외치는 장면이 떠오른다. 그리고 2020년에 뜨겁게 정치 현안에 대한 자신의 견해를 거침없이 쏟아내는, 그러나 당시는 무명이었던 진중권이 애로 영화를 연상케 하는 <애로 영화스타 젖소 부인과 이문열의 관계는?>이라는 글을 기고하면서 사회적 이슈의 도화선(導火線)이 되었다. 1995년 우리나라 최초의 16mm짜리 비디오 대여 시대를 열었던, 공전의 히트작인 한지일 감독의 "젖소 부인 바람났네"를 여과없이 활용했던 미학 전공자, 문화평론가인 진중권. 그리고 부산 해운대에 거주한 한 이발사는 이문열의 집 앞에서 그의 책을 불태우는 화형식까지 했다는 사실이다.

책값 환불 소동에 주인공 강만우는 악몽(惡夢)을 꾸게 된다. 그 꿈에는 강만우 자신이 쓴 책을 독자들이 환불을 요구하며 횃불로 불태우는 장면이 나온다. 그가 쓰고 있는 작품 속의 줄거리 가운데 1553년 당시, 종교 개혁가인 칼뱅과 이단인 세르베투스의 종교 논쟁에서, 결국 사형 선고를 받은 세르베투스는 책과 함께 화형식을 하는 장면을 보여준다. 소설 속의 사건이 현실에서 실행되었는데, 바로 해운대 이발사가 전국의 이문열 책을 모아 그의 집 앞에서 실제로 화형식을 거행했다.

이 소동에는 두 가지 측면을 고민해야 한다. 하나는 작가 정신이다. 과연 지식인인 작가의 작품성이 무엇인지? 또 하나는 책과는 상관없이 이루어진 사회적 발언이 직, 간접적이든 지식인인 작가의 명성이 작품과 매개가 된다는 사실이다. 나름 한국의 대표 작가가 아니라면, 그리고 지식인이 아니라면 이 논쟁(論諍)은 불을 지피지 못했을 것이다.

많이 팔아야 능력이 인정되는 자동차 판매 사원인 민준규는 소위 베스트셀러 작가인 강만우 집 앞에서 다시 초인종을 누르지만 응답은 없었다. 그리고 얼마 후 다시 집으로 찾아가지만 떠밀려 쫓겨나듯이 나오자, 또 다시 전화를 걸어 강만우와 통화를 시도한다. 그리곤 내가 재미가 없다는 정도가 아니라, 소위 베스트셀러 작가라고 한 당신의 작품을 읽고 '내 영혼'이 오염되었기 때문에 배상을 요구하는 것이라고 이야기를 한다. 강만우에게는 맷돌을 돌려야 하는데 맷돌 손잡이가 없어 황당한 상황에 하는 말인 어처구니없다는 그런 상황이다. 민준규는 영혼의 오염 가치를 돈으로 환산할 수 없지만 적어도 책값이 3천 5백 원이니, 이를 환불해 달라고 한다. 상대방과 대화하는 시간과 쓸데없는 논쟁은 스스로에게 낭비라고 생각하고 독자인 민준규에게 지급하겠다고 약속했지만, 곰곰이 생각해 보면 작가로서의 자존심과 권위가 무너진다고 판단해 강만우는 민준규의 요구를 거절한다.

오히려 독자에게 반문하기를 '당신이 나의 어떤 책을 얼마만큼 읽었고, 깊이 있게 이해했는가'를 검증하겠다고 한다. 작가는 시간과 장소를 독자와 약속하지만, 너무나 많은 작품을 출판해서 도대체 초판본의 책 제목조차 기억이 가물거린다. 『염소의 노래』인지 『염소의 배꼽』인지⋯⋯(실은 필자 자신도 졸저 몇 권을 출판했지만 책 제목과 내용을 기억하지 못하고 순간 멍한 경우가 있었다) 더구나 다작(多作)의 베스트셀러 작가이니⋯⋯ 민준규는 강만우에게 '3천 5백 원- 그 현실적 가치냐? 정신적인 오염의 대가냐? 독자가 추구해야 할 이상적 가치와 작가가 추구하려는 작가의 메시지가 3천 5백 원인가'라는 생각을 한참 동안 하게 된다. 작가는 작가 자신의 책을 출판사에 맡기기보다는 독자에게 맡겨야 한다. 독자들이 책의 가치를 가격(인세)으로 환원해 주기 때문이다.

최근 작가들이 인세 정산을 받지 못해 심각한 사회적 문제가 되기도 했다. 김홍택의 『90년생이 온다』는 36만 부가 팔렸는데도 정산이 제대로 이루어지지 않아 출판사로부터 1억 5천만 원을 받았다고 언론에 보도되기도 했다. 요즘은 강만우의 작가 정신에만 머무는 것이 아니라, 종이 인세와 함께 전자책에 대한 인세가 제기되는 시대이다. 작가 김홍택을 생각해 보는 시대가 되었다.

두 사람의 논쟁은 수레바퀴처럼 돌기만 할 뿐, 어떤 동력도 생산하지 못하고 시끄러운 회전 소리만 내면서 회전 동력으로 이동하지 못한 채, 정차해 그냥 마음만 빨라질 뿐이다. 어디에서 동력 에너지를 찾을 수 있을까? 책은 독자가 궁금한 답의 실마리를 준다. 그래서 독자는 책에서 묻고 답을 찾는 것이다. 적어도 독자에게는 『우리 시대의 소설가』는 답을 찾는 실마리를 준다.

> "이제는 책에 대한 관념을 바꿀 때가 되었다는 것입니다. 우리나라는 오랜 유교 전통과 사농공상의 문화적 질서 속에서 일단 책이라 하면 대부분 존경하는 풍토가 있었습니다. 어느 정도 수준 있는 책을 저술하고 소설을 쓰고 시를 쓴다고 하면, 고상한 선비 축에 속하는 것으로 여겨왔단 말입니다. **책의 소비자인 독자가 책을 읽고 마음에 들지 않는 구석이 있어도 책을 잘못 선택한 자신으로만 돌리고, 저자에게 따져보거나 하지 않았단 말입니다.** (…중략…) 그러나 이제 책도 엄연히 하나의 **상품**으로 경제 구조 속에서 유통되고 있는 점을 고려할 때, **소비자의 권리**가 강화되어야 한다고 보는 것입니다."(60~70쪽)

결국 프랑스의 구조주의 철학자이자 비평가인 롤랑 바르트 (1915~1980)가 지적한 '독자의 탄생은 저자의 죽음이라는 대가를 치러야 한다'라는 언명을 떠올리게 한다.

> "비평은 작품 아래에서 저자(혹은 그 위격(位格)에 해당하는 사회, 역사, 심리, 자유 등)를 발견하는 것을 주요 임무로 삼는다. 그리하여 저자가 발견되면, 텍스트는, 설명되고, 비평은 승리한다. 따라서 저자의 통치는 역사적으로 곧 비평의 통치였으며, 그리고 이런 비평(비록 그것이 신비평이라 할지라도) 오늘날 저자와 더불어 붕괴해 가고 있다는 것은 전혀 놀라운 일이 아닐 것이다.(33쪽)
> "고전 비평은 결코 독자를 다룬 적이 없다. 고전 비평에서는 글을 쓰는 자 외에 문학에서 어떤 사람도 존재하지 않는다. 상류 사회 자체가 배척하고 무시하고 은폐하고 파괴해 온 것을 이제야 마치 위하는 양 뻔뻔스럽게 글쓰기

를 비판하고 나선다면, 우리는 그런 반어적인 수법에 더 이상 속아 넘어 갈
수 없다. 이제 우리는 글쓰기에 그 미래를 되돌려 주기 위해 글쓰기의 신화
를 전복시켜야 한다는 것을 안다. 독자의 탄생은 저자의 죽음이라는 대가를
치러야 한다."(35쪽)

– 『텍스트의 즐거움』(롤랑 바르트, 김희영 역)

　책을 상품으로 치환한다면 경제 유통 구조에서 '소비자의 권
리'는 당연하다. 여기에 민준규는 소비자의 권리장전을 외치고
있는 것이다. 소비자의 권리장전을 프랑스에서는 롤랑 바르트가
이미 외쳤다. '독자의 부활'을 알리는 민준규의 외침에 강만우는
엉뚱하게 외면하지만, 민준규는 강만우가 집에서 '작가의 권위'
를 버리고 치열하지 못한 작가 자신이 반성하기를 바란다. 독자
의 부활과 작가의 죽음이라는 신호를 작가는 '초인종'을 통해 암
시하고 있다. 소설이 끝나는 지점에 독자 민준규가 강만우를 찾
아가서, 초인종을 '삐--' 하고 세 번 울리면서 끝맺는다. 이제부
터 우리도 민준규처럼, 민준규와 함께 강만우 집의 초인종을 눌
러야 하지 않을까? 그런데 자동차 판매상이면서 독자인 "민준규
가 루카치의『소설의 이론』같은 책을 읽고 저리 큰소리"(75쪽)
를 칠 정도가 되어야 하지 않을까? 독자가. 진정한 독서란, 아니,
독자란 작품에 대한 가치 판단과 살아 있는 비판적인 안목을 가
져야만 한다. 영혼이 오염되지 않는 작품을 찾아 읽는 것, 이것
이 독서이다.

　문학은 현실을 비판적으로 반영하지만 또한 미래를 예지(叡
智)하기도 한다. 실제로 한국을 대표하는 이문열 작가의 작품에

대한 논란이 일어 뉴스거리가 된 적이 있다. 독자가 이문열의 소설을 문제 삼자, 이문열은 책값을 물러주겠다고 하면서 자신의 책을 돌려달라고 했다. 작가의 자존심과 작가의 권위를 지키려고 했던 사건이다. 이문열에 대한 독자 반란 이후, 30년이 지난 지금, 2020년 이상문학상에 대한 작가들의 반란 - 수상작에 대한 3년 동안 출판권과 수상작으로 작품집을 낼 수 없다는 불공정 거래 - 이 이제야 조용해졌다. 절필 선언과 청탁 거부 선언으로 맞선 작가들이 나타났다. 이 논쟁의 뿌리에는 출판 권력이 자본과 결탁한 모습이 자리하고 있었다. 문학계의 모순된 현실을 타파하려는 작가의 부활이며, 작가 정신의 권위를 지키려는 치열한 모습이다.

2020년, 소위 조국 사태라고 일컫는 한국의 현실, 1980년대 한국문학의 산맥인 『태백산맥』의 조정래가 정경심 교수를 위해 법원에 탄원서를 제출했다는 사실이 언론에 보도되었다. 조국과는 나이 차이를 초월한 동시대의 지식인으로 존중하는 사이라고 전제하면서 정경심 교수를 순수한 문학가로서 훼손(毁損)된 명예가 애석하기 때문이라는 입장이다. 과연 어디까지가 작가 정신인가? 자녀 입시와 관련한 대법원의 판결은 냉혹하다고 말하는 이와 사필귀정(事必歸正)이라는 양분된 시대에 우리는 살고 있다. 프랑스의 왜곡된 현실을 격파한 에밀 졸라가 독자에게 울림을 주는 이유를 다시 생각해야 할 때다.

강만우의 모습에서는 치열한 작가 정신을 볼 수 없고, 자신의 작품에 대해, 자신의 정신세계를 치장하여 독자들을 호도할 뿐이다. 또한 작품을 표절하여 독자들에게 실망감을 안겨 준 작가들도 있었다. (리처드 앨런 포스너 / 정해룡 옮김, 『표절 문화와 글쓰기의 윤리』참고) 소위『엄마를 부탁해』의 열풍을 일으켰던 신경숙과 1970년대 잡지 문단 시대의 한 축이었던 창비의 몰락과 부활의 몸짓(?),『삼미 슈퍼스타』의 박준규의 고백과 문재인 정권에 대한 작가의 지지 선언, 그리고 마광수의 고백과 그의 안타까운 죽음은 다 같이 표절(剽竊) 논란 작가로 드러났다. 그리고 동인문학상의 작가 권지예의 은폐 논란도 이에 휩싸여 있다. (졸저,『현대시와 표절 양상』참고). 2021년도에는 김민전 작가의 단편소설『뿌리』(2018년 백마문학상 수상작)를 표절해 무려 5군데나 문학상을 수상하는 충격적인 사태까지 벌어졌다. 작가적 양심과 명성에 금이 간 것인가? 이들 작가의 작품이『염소의 배꼽』인지, 아님 강만우와 같이 권위만 내세우는 작가인지. 작가는 스스로 작품을 통해 말하지만, 독자는 작가의 작품을 동시에 깊이 있게 탐독하면서 자신이 감동할 부분과 아닌 부분을 찾고 있다. 이것이 바로 이 시대가 요구하는 작가(생산자) – 작품(상품) – 독자(소비자)의 삼각관계 설정에서 '독자 정신'이다. 스스로 작품을 치열하게 읽고 작품에 대해 깊이 있게 통달해야 독자라 불린다. 작품에 대한 명료(明瞭)한 '의식을 가진 자'가 독자의 정체, 독자의 부활, 독자의 정신, 독자의 정의다.

제2권

김수영, 우리 시대의 시인

시대를 초월하는 번개 같은 정의

2017년 박근혜 탄핵! 2020년 코로나19! 시대의 질곡(桎梏), 또 질곡과 폭풍(爆風)의 시대가 언제나 있었다. 그런데 시대와 부딪치는 상황에서 거대한 항거와 사소한 분개 심리 사이에서 사람들은 사소한 일에 분노한다. 역사적이면서 사회적인 일에는 왜소(矮小)하게 자조해 버리는 사람들… 이런 부류의 사람들을 소시민이라고, 보통 사람이라고도 한다. 시대의 질곡에서 왜소한 소시민의 삶을 통렬하게 읊었던 시인. 이런 질곡 속에서 기억될 시인이 있다.

시인(詩人)이 현실에 대한 회의(懷疑)로부터 시작해 비판적 시선으로 왜곡(歪曲)된 시대의 방향타를 잡는다면 시인은 어떤 힘으로 시대와의 불화를 극복할까? 시인의 눈에서 붓으로, 시인의 처연한 시대 정신에서 언어로 날아가는 화살은 현실 문제를 묘파(描破)하여 그의 시작 노트에 정확하게 한 폭의 완성된 그림처럼 그려 세상에 꽂힌다. 이런 시인의 그림에 감동하는 이유는 시인의 정신에서 뿜어내는 힘일 것이다. '왜 김수영인가?'에 대한 답은 바로 시의 '힘'에서 확인할 수 있기 때문이다. 이것이 '작가 정신'이다. 김수영은 우리 시대의 시인이다.

김수영(金洙暎, 1921~1968)은 1947년 ≪예술 부락≫에「묘정(廟庭)의 노래」를 발표하며 문단에 이름을 알렸으며, 특히 초기에는 모더니즘 성향을 강하게 드러냈으나, 이후 현실에 대한 비판 의식과 저항 정신을 담은 시를 세상에 보였다. 시집으로『달나라의 장난』(1959), 『거대한 뿌리』(1974) 등이 있다. 1930년대 「추일서정」의 김광균과 「향수」의 정지용을 건너, 전후 모더니즘의 징후는 김수영으로부터 시작한다고 평가해도 무방하다고 할 만큼 문제적 시인이다. 문제성은 그의 시 정신에 근거한다. 그의 '고매한 정신'은 '폭포'를 통해 적나라하게 펼쳐지는데,「폭포」는 김수영 스스로도 자신의 대표작이라고 자평하는 시이기도 하다. 현실의 회의로부터 시작된 그의 시대와의 불의(不義)에서 드러난 시의 힘은「폭포」와「눈」을 통해 그려진다.

신화(神話)는 시대를 초월해 현신한다. 2020년에 대한민국 정치, 사회 문화 전반에 걸쳐 정의와 자유, 양심, 민주가 1960년대 전후 만큼이나 절실히 요구되는 현실이다. 이런 절실한 외침이 4.19 이후 다시 부각되는 이유는 바로 2020년 기회의 평등, 과정의 공정, 결과의 정의가 어그러진 현실 때문이다. 양극단의 진영 논리에서 이전투구(泥田鬪狗)하는 현실에 서로가 자신의 사익을 숨긴 채 국민을 앞세운 세력에게 저항하는 '고매한 정신'을 부르짖고 있다. 1960년대의 김수영이 다시 신화를 이루는 요소는 바로 2020년, 우리 시대의 절박한 화두(話頭)인 자유, 정의, 양심이 훼손되었기 때문이다. 힘 있는 시는 시대를 변화시키며 시대 정신의 기표로 남게 된다. 여기에 김수영이 등장하게 된다.

폭포(瀑布)는 곧은 절벽(絶壁)을 무서운 기색도 없이 떨어진다

규정(規定)할 수 없는 물결이
무엇을 향(向)하여 떨어진다는 의미도 없이
계절(季節)과 주야(晝夜)를 가리지 않고
고매(高邁)한 정신(精神)처럼 쉴 사이 없이 떨어진다

금잔화(金盞花)도 인가(人家)도 보이지 않는 밤이 되면
폭포(瀑布)는 곧은 소리를 내며 떨어진다

곧은 소리는 소리이다
곧은 소리는 곧은
소리를 부른다

번개와 같이 떨어지는 물방울은
취(醉)할 순간(瞬間)조차 마음에 주지 않고
나타(懶惰)와 안정(安定)을 뒤집어 놓은 듯이
높이도 폭도 없이
떨어진다

- 「폭포」(1957)

상징적이며 현실 참여적인 김수영의 「폭포」는 부조리한 현실에 타협하지 않는 불굴의 의지적 삶의 태도를 보여주는 대표작이다. 「폭포」에서 '고매한 정신'은 자연물을 매개로 하여 그의 정신을 투영하고, 또한 '떨어진다'라는 반복을 통해 정신의 역동적인 운율을 효과적으로 형성하고 그리고 왜곡(歪曲)된 현실을 타파(打破)하려는 의미를 선명하게 드러내고 있다. '떨어진다'라는 역동성에는 '고매한 정신'이 '폭포'처럼, '물결'처럼, '물방울'처럼, 이 현실에 유연하면서도 연속적으로 떨어져야만 한다고 부르짖는다. 이러한 외침은 '곧은 소리'이지, 시대의 굴곡을 벗어나려는 임시방편적인 헛소리가 아니다. 혹세무민(惑世誣民)하는 헛소리가 아니다. '모든 소리'가 '곧은 소리'는 아니다. 자유, 정의, 민주, 양심과 같은 소리만이 '곧은 소리'이다. 위정자들이 국민을 앞세워 소리치는 모습 이면에 감추어진 그들의 소리는 '곧은 소리'가 아니다. 이들은 사익을 위해 소리를 내는 것이다. 사익의 소리는 기만의 소리와 외침이다. 이들의 소리에 속아 넘어가는 삶의 결과는 어떤가? 그래서 깨어있자고 김수영이 절규하는 것이다.

　　이승만의 역설적인 집권 형태인 '민주주의 독재'를 자행하면서 국민이 겪게 된 정신적인 고통을 극복하려는 국민적 함성인 4·19 혁명이 일어났다. 부조리한 현실에 타협하지 않는 정의롭고 진실한 양심의 외침이 끊임없이 이어져야 할 당위성이 2020년에도 더욱 절실히 요구되는 외침이기 때문에 김수영은 신화적 시인이다.

폭포의 '곧은 소리'란 물리적인 실제 소리 이상의 울림으로 '고매한 정신'으로 해석된다. 고매한 정신이기에 '나타와 안정'에 빠진 정신을 일깨우고, 안주하려는 현실을 혹독하게 꾸짖는 소리로 웅장한 울림을 일으키는 것이다. 그래서 폭포를 통해 부정적 현실과 타협하지 않는 저항 정신을 형상화하고 있다는 평가를 받는다.

필자는 '폭포(1연) → 물결(2연) → 폭포(3연) → 물방울(5연)'로 변화되어 가는 구심력(求心力)의 과정을 눈여겨보았다. 시인은 5연의 첫 행에서 '번개처럼 떨어지는 물방울'에 주목했다. 물방울은 폭포에서 가장 작은 대상이다. 역으로 생각해 보면, 물방울이 모여, 물결이 되고, 물결이 모여 결국 폭포가 되는데, 물방울에 비유된 번개를, 물방울이 떨어지는 만큼 번개가 떨어진다면, 그 힘은 엄청날 것이다. 그 강도는 어떨까? 물방울 = 물결 = 폭포 = 고매한 정신 = 자유, 진리, 정의, 양심의 등식이 원심력(遠心力)으로 성립한다면, 그 고매한 정신의 번개가 이 시대에 가장 필요한 울림이라고 생각한다. 1950년대 전후 이승만 정권 시대의 혼란과 1980년대 전두환 독재 정권 시대, 그리고 2020년, 이 같은 혼란의 시대, 과연 자유, 진리, 정의, 양심은 어디에 있는가를 고민해야 하는 시대이다. 여기에 김수영의 신화가 존재한다는 사실을 다시 한번 확인할 수 있다. 시대의 굴곡에 인간이 나아가야 할 길을 '폭포'에서 절규했기 때문에 김수영은 시대의 신화인 것이다.

작가는 지식인인가? 그렇다면 지식인의 책무성(責務性)은 무엇인가? 현실이 역사의 변곡점에 도달한다면 지식인은 무엇을 해야 할 것인가? 이처럼 수많은 질문에 대한 답을 김수영에서 찾을 수 있을까? 결단코 왜 김수영인가에 대한 물음에 답은 이미 정해져 있다고 말할 자신이 있다. 그래서 김수영을 다시 읽는 이유이다.

지식인의 현실 참여 문제는 어디까지인가? 1950년 전후 어지러운 현실의 문제를 시인이 어떻게 대응할 것인가? 이승만의 기득권 세력에 '나타와 안정'에 빠진 현실에 '젊은 시인'의 역할이 바로 지식인의 참모습으로 등장한다.

눈은 살아 있다
떨어진 눈은 살아 있다
마당 위에 떨어진 눈은 살아 있다

기침을 하자
젊은 시인이여 기침을 하자
눈 위에 대고 기침을 하자
눈더러 보라고 마음 놓고 마음 놓고
기침을 하자

눈은 살아 있다
죽음을 잊어버린 영혼과 육체를 위하여
눈은 새벽이 지나도록 살아 있다

기침을 하자
젊은 시인이여 기침을 하자
눈을 바라보며

밤새도록 고인 가슴의 가래라도
마음껏 뱉자
　　　　　　　　　　　　　　　　　　- 「눈」(1956)

'눈'은 시대 비판적, 현실 참여적, 시인이 지향하는 세계를 함의하는 상징성을 은근히 내포하고 있기 때문에 계절적으로 추운 겨울에 내리는 '눈'은 단순한 사물이 아니다. 왜냐하면 순수하고 정의로운 삶에 대한 소망과 부정적 현실을 극복하려는 의지의 표상으로 상징되는 사물이기 때문이다. 우선 '눈'과 '가래'의 상징적 의미가 대립적으로 장치가 되어 있으며, '살아 있다'와 '-하자'라는 시어는 반복하여 운율을 형성하면서 강한 의지를 표현함과 동시에, 또한 적극적으로 함께 행동할 것을 권유하는 청유형으로 끝맺음의 형식과 함께 지속성을 내포하고 있다. 「눈」은 순수한 삶을 지향하는 화자의 소망과 의지를 대립적인 시어의 활용과 시구의 반복을 통해 형상화한 작품으로 그의 시적 역량을 가늠할 수 있다. 특히 시어를 통한 반복의 파장은 시적 의미의 심화, 확장성으로 이어진다.

'눈'과 대비되는 '기침'은 몸 안의 고인 불순물을 뱉는 행위이다. 당연히 '기침'은 가슴의 '가래'를 뱉는 행위이다. 즉 몸의 건강과 호흡을 위해 뱉어 내어야 한다. 시인이 '기침을 하자'라고 외치는 이유는 단순히 몸과 관련한 건강만을 이야기하는 것이 아니라 1950년대 당대의 이승만 정권과 사회의 기득권과 혼란상과 같은 불순물이 가득 찬 사회에 대한 비판 의식이 담겨 있기 때문이다.

이 시에서 '눈'은 희고 순수한 것이고, '기침'과 '가래'는 어떤 괴로움 또는 병을 암시하는 더러운 것이다. '눈은 살아 있다'와 '기침을 하자'라는 두 문장이 변형, 반복되면서 작품 전체를 이루고 있는 이 시에서, '눈'을 향해 기침을 하는 행위는 우리가 사는 세상에 더럽혀진 시적 화자의 영혼과 육체를 되찾는 행위라고 볼 수 있다.

'폭포'와 '눈'의 공통분모는 부정한 현실에 대한 저항적인 삶의 역동성에 있다. 두 작품에서 주목할 부분인 '폭포가 떨어진다'는 역동적으로 살아 움직이는 생명력을 가지고 있음과 마찬가지로 1연에서 '떨어진(다)'는 '눈'의 역동성이 보인다. 김수영에게 '떨어진다'는 행위 반복의 시어가 가지는 역동적인 힘을 싣고 있다. 그리고 '폭포가 떨어진다'와 '눈은 살아 있다'의 의미를 반복하면서 또한 점층적으로 정의와 양심, 순수와 같은 시대가 요구하는 가치를 확대하는 원심력의 파장을 보인다. 폭포가 떨어지지 않으면 폭포라고 말할 수 없다. 눈이 녹기 위해 떨어지고 내린다면 그 생명력이 없다. 눈은 그 내림으로써 생명력과 존재 가치를 지닌다. 그래서 눈은 살아 있다고 말하는 것이다. '나타와 안정'이 도사리는 기득권 세력과 더러움과 속물적(俗物的) 내면 의식으로 상징되는 '가래'를 뱉어야 한다고 젊은 시인에게 요구하고 있다. 이 요구는 또한 시인 자신이기도 하다. 자신만을 빼고 행동을 요구한다면 명령조라고 해야 한다. 그러나 함께하자고 하는 의도는 그만큼 혼자만의 힘으로 이 거대한 부정과 불의에 대항할 수 없을 만큼의 부정한 사회라는 것이다. '산 자여 따르라'라는 80년대 구호처럼, 함께 싸워 나아가자고 외치는 80년대의 시대가 2020년에도 반복되고 있다. 김수영의 목소리가 살아 있는 이유는, 암울한 시대일수록 그의 시적 치열함이 '멍청한'(차마 사용하고 싶지 않은 말이나 달리 생각이 나지 않아 부득불 사용함을 이해하시라) 우리에게 그대로 녹아들기 때문이다. 김수영은 이처럼 당대 부정적인 현실에 대한 비판과 순수성의 갈망이라는 주제 의식을 더욱 선명하게 드러내고 있다.

김수영의 논의는 1950~60년대에만 국한되어 버린 단절이 아니라 2020년에 다시 불을 지펴야 하는 이유는 현실 참여 정신이 절실한 시대이기 때문이다. 김수영은 1954년 이승만이 장기 집권을 위해 대통령 3선 제한의 철폐와 헌법 개정안을 통과시킨 시대적 배경 속에서 부정부패한 현실을 물리치고 순수하고 정의로운 삶을 회복하려는 의지를 표현하고 있다. 부조리한 현실에 시인의 역할이 무엇인가에 대한 깊은 고민에 김수영은 빠진다. 소위 참여 문학 논쟁을 불러일으켰다. 참여 문학은 1950년대 중·후반 이후 문학의 사회 참여적 역할에 대한 작가들의 자각에서 시작되었다. 제2차 세계대전과 함께 국내의 1950년대는 전후의 피폐함과 인간에 대한 본질적인 물음으로 실존주의 사상이 대두한 시기였다. 김춘수의 「꽃」으로 대표되는 시대이기도 하다. 이후 4·19 혁명을 기점으로 참여 문학이 더욱 불붙기 시작했으며, 1960년대 김수영, 「누가 하늘을 보았다 하는가」의 신동엽, 현실적 저항의 한계를 느껴 절필한 신동문 등의 시인들에 의해 현실 문제에 대한 순수-참여 문학 논쟁의 시대가 도래(到來)했다. 이후 1970

년대부터 80년대까지 우리 민족과 민중들을 문학적 형상화의 주체로 삼는 시민 문학론, 민족 문학론, 노동자-농민 문학론 등으로 전개되었다.

1990년대부터는 거대한 정치에 대한 문학적 담론(談論)이 사라지면서 개인화의 삶을 추구하는 문학 세계가 번지다가 정치적인 문제가 2020년에 코로나19와 함께 다시 사회의 중심에 놓이자 개인화의 삶은 실종되면서 60년대의 사회와 정신적 혼란이 반복되고 있다고 보아야 한다. 그래서 2020년에 다시 김수영 신화가 존재한다는 사실을 다시 확인하게 된다. 그의 시 정신이 자유와 진리, 정의, 양심, 순수성으로 향하고 있다는 점 때문이다. 왜 이 시대에 그의 시가 재론(再論)되어야 하는가가 그 이유이다.

2020년에는 유독 강한 어휘들이 한국 사회에서 난무했다. BTS 빌보드 차트의 세계적 위상과 영화 "오징어 게임", 영국 옥스퍼드 사전에 한국어 등재를 비롯한, 트럼프-김정은 핵 관련 무력 시위, 부동산 김현미 국토부 장관, 질병 본부 정은경, 조국과 추미애 법무부 장관 등등. 그리고 한국 트로트 음악계의 가황 나훈아의 KBS 공연에서 던진 몇 마디가 사회적 이슈가 되었다. '국난에 나라를 위해 목숨 바친 왕이나 대통령은 없었다. 모두 국민이 구했다'라고 일침을 가했다. 그리고 소크라테스를 지칭하는 '테스 형'의 가사에는 '세상 왜 이래 힘들어'라는 방점이 가슴에 와 닿는다.

시적 화자가 반항하지 못했던 세력, 그들은 조그만 권력을 가진 '땅 주인, 구청 직원, 동회 직원 등'이다. 이들은 권력 구조에서 보면 중간층이다. 이들의 권력 위에 상층부 권력층이 따로 있다. 2020년 지금 그 '땅 주인'은 어떤가? '구청 직원, 동회 직원' 등도 결국 권력의 상층부의 움직임에 따라 움직이는 인형일 뿐이다. 이들도 조그만 권력이라고 누리고 있다는 점을 시인은 강하게 질타하고 있는 것이다. 소시민의 '비겁함'만 질타하는 것이 아니라, 오히려 '너희들- 땅 주인, 구청 직원, 동회 직원- 백성을 반항하지 못하게 하고 있음을 각성해야 한다는 시인의 목소리를 독자는 읽지 못한 것이 아닌가 하는 생각이 든다. 7연에서 '나'의 보잘것없는 소시민이지만, '땅 주인, 구청 직원, 동회 직원'들도 소시민임을 자각하라고 시인은 외치고 '나도 너희도' 모두 '모래'처럼 작은 존재임을 외치고 있다. 정말 시인은 최고의 권력을 남용하는 '왕궁의 음탕'을 외면하는 현실을 시인은 질타하고 있다. 왜냐하면 '나'와 '땅 주인, 구청 직원, 동회 직원'은 대립 세력이 아니라 같은 백성이라는 각성을 해야 한다. 이들은 결국 권력층이 아니라 권력의 하수인이기 때문이다. 이들도 지배를 받는 세력인 백성, 시민, 국민이기 때문에 자신을 정확하게 인식해야 한다는 의미다. 궁극에는 '왕궁의 음탕'을 보라는 시인의 메시지이다. 왕궁은 권력의 중심부이며, 역사의 변곡점에 있기 때문에 시인은 목소리를 높이는 것이다.

시는 우리 시대의 자화상이 아닌가? 왜냐하면 진정 우리가 분개해야 할 대상은 '왕궁의 음탕'인데, '50원짜리 갈비가 기름 덩어리만 나왔다고 분개하고 / 옹졸하게 분개하고 설렁탕집 돼지 같은 주인 년한테 욕을 하는 '나' 자신에게 비겁하다고 시인은 조롱(嘲弄)한다. 이 목소리는 독자인 우리에게 날아오는 비난이 아닌가? 끊임없는 성찰과 반성의 중심에 선 김수영은 우리의 자화상(自畵像)이 될 수밖에 없다.

왜 나는 조그마한 일에만 분개하는가
저 왕궁 대신에 왕궁의 음탕 대신에
50원짜리 갈비가 기름 덩어리만 나왔다고 분개하고
옹졸하게 분개하고 설렁탕집 돼지 같은 주인 년한테 욕을 하고
옹졸하게 욕을 하고

한번 정정당당하게
붙잡혀간 소설가를 위해서
언론의 자유를 요구하고 월남파병에 반대하는
자유를 이행하지 못하고
20원을 받으러 세 번씩 네 번씩
찾아오는 야경꾼들만 증오하고 있는가

옹졸한 나의 전통은 유구하고 이제 내 앞에 정서로
가로놓여 있다
이를테면 이런 일이 있었다
산에 포로수용소의 제14 야전병원에 있을 때
정보원이 너어스들과 스폰지를 만들고 거즈를
개키고 있는 나를 보고 포로 경찰이 되지 않는다고
남자가 뭐 이런 일을 하고 있느냐고 놀린 일이 있었다
너어스들 옆에서

지금도 내가 반항하고 있는 것은 이 스폰지 만들기와
거즈 접고 있는 일과 조금도 다름없다
개의 울음소리를 듣고 그 비명에 지고
머리에 피도 안 마른 애놈의 투정에 진다

떨어지는 은행나무잎도 내가 밟고 가는 가시밭

아무래도 나는 비켜서 있다 절정 위에는 서 있지
않고 암만해도 조금 옆으로 비켜서 있다
그리고 조금쯤 옆에 서 있는 것이 조금쯤
비겁한 것이라고 알고 있다!

그러니까 이렇게 옹졸하게 반항한다
이발쟁이에게
땅 주인에게는 못하고 이발쟁이에게
구청 직원에게는 못하고 동회 직원에게도 못하고
야경꾼에게 20원 때문에 10원 때문에 1원 때문에
우습지 않으냐 1원 때문에

모래야 나는 얼마큼 적으냐
바람아 먼지야 풀아 나는 얼마큼 적으냐
정말 얼마큼 적으냐……

－「어느 날 고궁(古宮)을 나오면서」(1965)

인간은 삶의 갈등에서 사유가 시작된다. 사유로부터 회의하
고, 회의로부터 얻은 깨달음으로 삶의 방향을 결정해 나아가게
된다. 사유의 치열한 언어는 '왜'라는 공안으로부터 시작된다. '왜'
라는 물음이 현실에 맞닿을 때, 현실 부조리에 대한 대응 태도가
결정된다. 대응은 부당한 현실의 문제를 소극적으로 보느냐 적
극적이냐에 따라 사유의 주체인 '나'는 달라진다.

물음은 1연에서 '왜'라는 자문자답의 형식으로 현실의 고민
을 스스로 묻고 스스로의 답을 체득하여 '자신의 적음'을 탓하는
자조적(自嘲的)이면서도 비극적인 정조로 일갈(一喝)하고 있다.

이러한 물음은 현실에 대한 치열함에 기인한다. 그리고 거대한 왕궁의 불의에 대항하지 못하고, 겨우 '설렁탕집 돼지 같은 주인 년한테 욕'이나 하는 옹졸한 자아를 드러내고 있다. 대범하게, 당당하게 욕을 하지 못하고, 옹졸한 욕설을 할 수밖에 없는 소시민의 현실을 고발하고 있다.

　작가 연구의 관점으로 보면 3연에서 '이를테면 이런 일이 있었다'라는 자신의 자전적이며 심층적인 체험이 아니면 들추기 힘든, 시인의 현실적이면서도 치열한 현실을 반영하는 태도를 보여주고 있다. 4연에서 '지금도' 이러한 삶의 연속성에 있다는 그의 시적 체험이 곧 그의 현실이다.

　「어느 날 고궁을 나와서」는 일상 경험과 일화를 통해 권력에 저항이나 반항하지 못하고 옹졸하게 살아가는 자조적(自嘲的)인 모습을 형상화하고 있다. 거제도 북한군 포로수용소에서 영어를 안다는 이유로 통역을 하면서 지낸 시절부터 몸에 밴 '나'의 옹졸한 삶까지 신랄하게 조롱하고 있다. 어쩌면 '고궁'에서 버티며, '왕궁의 음탕'을 비판하거나 저항하지 못하면서, 일상생활의 조그마한 부정의 힘에도 반항하지 못하는 나약한 모습을 형상화하고 있다. 궁 밖의 '땅 주인', '구청 직원', '동회 직원'과 같이 가진 자, 힘 있는 자에게는 반항하지 못하면서, '이발쟁이', '야경꾼'과 같이 가지지 못한 자, 힘없는 자에게는 사소한 일로 흥분하는 자신의 모습을 보여주고 있다. 사소한 것에만 흥분하고 분개하는 자신을 모멸의 감정으로 표현하고 있다. 또한 궁 밖의 절정 위에서도 비켜서 있는 방관자적인 삶의 모습을 확인하고 있다.

특히, 7연에서 처절하게 시인 자신을 인식하게 된다. '모래야 나는 얼마큼 적으냐 / 바람아 먼지야 풀아 나는 얼마큼 적으냐 / 정말 얼마큼 적으냐……'라고. '왕궁'과 '왕궁의 음탕'을 향해 분개하지 못하고 반항할 엄두를 내지 못하고 기껏 조그만 일에만 분개하는 '나' 자신이 '얼마나 작으냐'라고 처절하게 반성하는 태도를 독자에게 보낸 것이다. 독자들이여! 그대들은 얼마나 작으냐!

2020년 소위, 문재인 촛불 정권에서 자유 민주주의로 용해되지 못한 조국 사태, 조국에 대한 '표적 수사'와 '과잉 수사'라고 하는 측과 사회적 정의를 실현해야 한다는 법대 교수와 지식인이 대립하는 현실. 1980년대 『태백산맥』의 조정래는 정경심 교수를 위해 법원에 탄원서를 제출했다고 보도되었다. 공지영 소설가는 조국을 수사한 윤석열 총장에 대한 반감을 드러내었다. 작가는 시대와 현실에 어디까지 나서야 하는지, 사회적 이유에 대한 자기 생각을 드러내는 태도가 진정한 작가의 정신인지에 대한 논쟁을 재론할 때, 김수영은 다시 등장할 수밖에 없다.

현실에서 겪어야만 하는 고통이 스스로의 부족함과 게으름 탓이라면 시대에 대응하지 못하고 혼돈의 삶을 살아야 하는 운명에 처하게 된다. 그러나 현실의 고통을 극복하는 과정에서 지혜와 능력이 발휘된다면 타인을 위해서도 살 수 있는 운명이라고 본다. 이러한 두 갈래의 운명의 덫에서 우리들은 자신의 삶을 결정할 수 있다. 자동차 운전에서 후진은 안전한 주차와 운행을 위해서가 아니라면 전진의 방향은 일반적인 운행이다. 인간의 운명은, 아니 삶은 '전진이냐 후진이냐'라는 핸들을 중심에 놓고 고민을 하게 된다. 한번 물러나는 것을 두려워 할 필요가 없다. 왜냐하면 2보 전진에 대한 1보 후퇴라는 상식이 필요하다. 이러한 상황에 놓이더라도 우리 삶의 고민에 김수영을 놓아야 한다는 것이 필자의 생각이다.

이승만 정권하에 부정부패의 상징적인 인물이었던 이기붕의 뇌물 목록을 적은 김진송의 『장미와 시날코』가 그 시대의 증거이고, 이 시대에 사르트르의 『지식인이란 무엇인가』에 시로 화답한 인물이 김수영이다. 또한 드레퓌스와 저항 의지를 보였던 에밀 졸라의 모습을 김수영에게서 볼 수 있다. 시대에 저항했던 그의 목소리는 샌더슨의 『정의』에 놓이게 되는 이유이기도 하다. 그리고 박노자는 한국 사회 곳곳의 문제점을 들여다보고, 이를 『당신들의 대한민국』에 담았다. 박노자는 러시아에서 귀화한 백제사 연구를 한 독특한 이력의 소유자이다. 독특한 이력의 소유자만큼이나 그의 이야기에 고개를 끄덕끄덕하는 독자의 모습을 떠올려 본다.

제3권

최인훈의 우리 시대의 『광장』

하나의 텍스트, 세 개의 추(錘)

『우리 시대의 소설가』는 작가의 작품과 독자 그리고 텍스트에 대한 이해로 빚어진 작가와 독자의 정신적인 가치 문제를 다루고 있다. 즉 작가 정신의 축인 작품성에 대한 자존심과 불량 상품(작품)의 소비자임과 동시에 정신적 오염을 주장하는 독자 정신의 치열한 논쟁(論諍)이라면, 최인훈의 『광장』(1961)은 국가와 국가가 지향하는 세계관 충돌(衝突)로 빚어진 한 개인의 가치관 문제라고 할 수 있다. 세계 유일의 분단 국가인 한국과 북한, 한국인의 태생적 운명-그것은 분단-에서 자유로울 수가 없다. 분단 공간의 문제보다는 이데올로기의 문제가 우리의 운명을 가른다. 이 운명을 이명준이 지고 있다. 그래서 최인훈의 『광장』을 읽어야 하는 이유이다. 연간 수백 개가 넘는 문학상의 풍요 속에 문학적 창조의 빈곤이라는 아이러니가 현주소라면, 그

아이러니의 수사적인 기교를 무너뜨릴 수 있는 열쇠가, 바로 최인훈의 『광장』이다. 적어도 작가 정신과 독자 정신이 합일되는 지점의 작품이다. 국가는 국민의 공동 가치관을 구체적으로 실현하는 기구이다. 국가 우선주의냐 국민 우선주의냐에 대한 경계가 모호하나, 국가가 지향하는 바는 결국 국민의 가치관을 반드시 담고 있어야 한다. 그래서 국민 개개인의 개인적 가치관이 바람직한 곳으로 모여져야 한다. 지금 대한민국의 국민적 성숙도는 어느 정도인가? 이 물음에 대한 답은 국가 운명과도 궤를 같이 하기 때문에 개개인의 민주적인 성숙도가 중요한 이유이다.

독서를 중심에 놓고 보면, 책이 과연 개인과 사회, 국가에까지 긍정적인 파문을 일으켰는지는 회의감이 든다. 회의감 속에서 소비자, 독자가 원하는 행복한 고독감을 느끼게 했는지도 반문하게 된다. 책을 구입한다는 의미는 강렬한 지적 욕구가 바탕이 되지 않는다면 상업적 자본 시대, 인터넷 정보 시대에는 불가능하다. 왜냐하면 적당하고 얕은 지식은 자본 투자 없이 그냥 인터넷 정보로 가볍게 접할 수 있기 때문에 굳이 비용을 지불할 필요가 없다. 그런데 '가짜 뉴스'의 양산과 접근으로 인한 갈등은 상상 외로 사회적 파장이 크다는 사실. 또한 인터넷 정보는 독자가 원하는 만큼의 지적 욕구에 대한 깊이와 폭을 얻을 수 없다는 한계가 있다. 이런 한계를 극복할 수 있는 방안은 자신이 필요로 하는 전문 지식을 얻을 수 있는 독서뿐이다. 특히 대한민국이 처한 코로나19로 인한 경제적 난관과 지금도 현재진행형인 남북문제를 심도있게 들여다볼 수 있는 책이 바로 『광장』이다.

지금의 남북 관계는 박근혜 정부의 탄핵과 함께 새로 들어선 문재인 정부에 와서 남북 관계의 급진적인 반전을 꾀하려고 하는 형국(形局)이다. 남북 경협의 물꼬로 평화 로드맵을 제시했던 김대중, 노무현 정부와 달리 급랭한 박근혜 정부의 정책을 비판하면서 햇볕 정책을 이어가려는 시도를 하는 문재인 정부까지 우리는 살고 있다. 어떤 정책이든 삶에 대한 인간의 자유는 근간(根幹)이 되어야 한다. 핵심은 어떠한 국가의 정책이든, 그 정책 속에는 결국 인간의 가치관과 자유가 반드시 자리하고 있어야 한다. 다만 인간의 가치관이 이기적인 면을 깔고 있는 개인적인 가치관으로 둔갑하고 자유(自由)랍시고 방종(放縱)으로 물든 것은 아닌지. 인간은 누구나 가치관과 자유가 삶의 본질에 닿아있다. 자유와 혼돈. 그것이 오늘날의 근본 문제라면, 이미 60년 전, 1960년대 『광장』이 그 중심에 우뚝 서 있다. 『광장』이 이념으로 빚어진 한 개인에 초점이라면, 6.25 때 월남을 바탕으로 쓴 자전적 소설로, 북의 고향에 갈 수 없는 청년의 비극을 그린 이호철의 『탈향』에서 보여 준 개인의 비극, 국군 소위인 외삼촌의 죽음이 빨치산인 삼촌에 기인한다고 생각하는 외할머니의 정신적 갈등을 그린 윤흥길의 『장마』는 전쟁의 그물에 갇혀 있다는 점에서 눈여겨보아야 한다.

　　1960년대 문학사의 금자탑(金字塔)으로 평가받는 최인훈의 『광장』을 읽었지만 그 감동과 시대에 대한 고뇌를 깊이 경험하지 못했다. 그러던 중 김욱동의 『광장을 읽는 7가지 방법』을 접하게 되었다. 책을 구입한 후, 책 표지의 안쪽에 나의 고민을 적어 놓았다. "지성의 칼날에 무당굿을 한다. 어찌 잠이 오랴!"라고. 아마도 96년도에는 열광적으로 연구와 비평의 글을 썼던 때였다. 그런데도 더 깊은 연구와 노력을 하지 못했다는 자괴감으로 시간을 보냈다. 『광장』을 깊이 읽지 못했다는 생각에 김욱동의 책을 읽을 필요가 있었다.

이 두 권을 동시에 읽고자 하는 이유는 다음과 같다.

첫째, 텍스트와 이론을 접목하는 방법론을 통해 하나의 텍스트에 대한 다양한 이론과의 접목 가능성을 볼 수 있기 때문이다.

둘째, 가치 있는 텍스트를 다양한 방법론으로 분석하였을 때, 분석 결과인 비평의 스펙트럼을 볼 수 있기 때문이다. 대상을 바라보는 시각의 다양성(多樣性)의 가치가 존재한다는 점을 알 수 있다.

셋째, 텍스트에 대한 감상주의 비평을 떠나 문학 비평의 축적된 객관성과 엄밀성을 바탕에 둔 다양한 작품 분석을 볼 수 있다는 점이다.

그리고 김욱동의 책은 일반 독자에게 문학 비평의 다양성과 체계성을 쉽게 이해할 수 있도록 소개했다는 장점이 있다. 즉 역사주의, 형식주의, 심리주의, 사회주의, 신화주의, 구조주의, 포스트 구조주의와 같은 7가지의 비평 방법 등으로 최인훈의 『광장』을 분석했다. 김욱동 스스로 말하길, 하나의 텍스트에 대한 해석상의 모순을 인정하면서도 문학 비평의 '다원주의'를 내세우고 있다고 언급하고 있다. 다음 글은 다원주의와 텍스트에 대한 필자의 생각을 먼저 드러내고, 『광장』에 대한 김동욱의 비평을 정리한 글이다.

고전의 가치는 우리들의 삶에서 현재까지 해결하지 못한 사회, 인간의 문제와 닿아있다. 특히 남북 관계는 우리 사회가 안고 있는 매우 현실적인 고민을 『광장』이 내포하고 있다. 여기에 『광장』을 읽는 이유가 있다.

작가의 첫 문장은 독자가 듣는 최초의 목소리이다. 『광장』의 첫 문장은 이렇다.

> '바다는, 크레파스보다 진한, 푸르고 육중한 비늘을 무겁게 뒤채이면서, 숨을 쉰다.'

첫 문장은 작가가 던지는 최초의 목소리인 만큼 많은 고민에서 내뱉게 되는 언어이다. 그래서 독자가 주목해야 하는 이유이다. 쉼표(,)의 기능이 긴 문장일 때와 의미를 보다 분명하게 할 때 사용하는데, 소설의 첫 문장에 쓰인 쉼표는 '바다'에 강렬한 인상을 작가는 기록한 것이다.(서사이며, 산문인 소설의 문장보다는 시적인 리듬감을 가진 표현으로 러시아 형식주의인 '낯설게 하기'의 표현을 사용했다) 즉 '바다는 숨을 쉰다.' 이처럼 강렬한 바다에 주인공이 사라지면서 소설은 끝난다. 바다는 재생 모티브의 기능도 있다. 즉 죽음 모티브와 동시에 재생 모티브도 생성한다.(신화주의 비평 방법인 '원형' 심상을 활용했다) 아마도 이명준은 죽음의 모티브이고, 그가 남긴 이념은 재생 모티브라고 할 수 있다.

중립국으로 가는 석방 포로를 실은 인도행 타고르 호 선장은 명준에게, '허긴 나로선 알 수 없는 일이야. 자기 나라 어느 쪽으로도 가지 않고 다른 나라로 가 살겠다는 그 일이 말이지. 부모나 가까운 핏줄이라든지, 아무도 없소?' 하면서 선장은 캘커타에서 이야길 한다. 그러곤 대학 시절 플라타너스가 널린 종로를 거니는 주인공 이명준이 등장한다. 철학과 3학년 학생으로, 재미로 만난 영미와의 이야기가 잠시 전개된다. 영미에게는 부르주아 집안의 아이들이 흔히 갖는 덕, 너그러움에 대한 회의감을 가진다. 그리고 강윤애라는 여인과도 만난다. 이 두 여인을 만난 가운데 40살 정도의 고고학자이며 여행가인 정 선생을 만난다. 이들과 정치 담론이 이루어진다.

『광장』은 '밀실'과 '광장'의 대립적인 개념이 우리로 하여금 이 소설의 의미를 생각하게 한다.

"정치? 오늘날 **한국의 정치**란 미군 부대 식당에서 나오는 쓰레기를 받아서, 그중에서 깡통을 골라내어 양철을 만들고, 목재를 가려 내서 소위 문화주택 마루를 깔고, 나머지 찌꺼기를 가지고 목축을 하자는 거나 뭐가 달라요? 그런 걸 가지고 산뜻한 지붕, 슈트라우스의 왈츠에 맞추어 구두 끝을 비비는 마루며, 덴마크가 무색한 목장을 가지자는 말인가요? 저 브로커의 무리, 정치 시장에서 밀수입과 암거래에 갱들과 결탁한 어두운 보스들. 인간은 그 자신의 **밀실**에서만은 살 수 없어요. 그는 **광장**과 이어져 있어요. **정치**는 인간의 **광장 가운데서도 제일 거친 곳**이 아닌가요? 외국 같은 덴 **기독교**가 뭐니 뭐니 해도 **정치의 밑바닥을 흐르는 맑은 물 같은 몫**을 하잖아요? 정치의 오물과 찌꺼기가 아무리 쏟아져도 다 삼키고 다 실어 가버리거든요. 도시로 치면 **서양의 정치 사회는 하수도 시설**이 잘 돼 있단 말이에요. 사람이 똥오줌을 만들지 않고는 살 수 없는 것처럼, 정치에도 똥과 오줌은 할 수 없지요. 거기까지는 좋아요, 하지만 **하수도와 청소차**를 마련해야 하지 않아요? **한국 정치의 광장에는 똥오줌에 쓰레기만** 더미로 쌓였어요. 모두의 것이어야 할 꽃을 꺾어다 저희 집 꽃병에 꽂고, 분수 꼭지를 뽑아다 저희 집 변소에 차려 놓고, 페이브먼트를 파 날라다가는 저희 집 부엌 바닥을 깔고. 한국의 정치가들이 **정치의 광장**에 나올 땐 **자루와 도끼와 삽을 들고, 눈에는 마스크를 가리고 도둑질**하러 나오는 것이지요. 그러다가 착한 길 가던 사람이 그걸 말릴라치면 멀리서 망을 보던 갱이 광장에서 빠지는 골목에서 불쑥 튀어나오면서 한칼에 그를 해치우는 거예요. 그러면 그는 도둑놈한테서 몫을 타는 것이지요. 그는 그 몫으로 정조를 사고, 돈이 떨어지면 또다시 칼을 품고 광장으로 나옵니다. 일거리가 기다리고 있으니깐요. 그렇게 해서 빼앗기고 피 흘린 스산한 광장에 검은 해가 떴다가는 핏빛으로 물들어 빌딩 너머로 떨어져 갑니다. 추악한 밤의 광장. 탐욕과 배신과 살인의 광장. 이게 **한국 정치의 광장**이 아닙니까?(문지판, 55쪽)

『광장』에서 날카롭게 지적한 50~60년대 한국의 정치 사회는 60년이 지난 지금 2020년대와 무엇이 다른가? 연일 뉴스 보도에 따르면 한국 정치의 후진성을 여전히 벗어나지 못하고 있다. 군사 독재 시절의 남북 이념 대결에서 민주주의라고 하는 오늘날은 진영 대결 구조로 치닫는, 균형(均衡)을 잃어 절름발이 민주주의가 오늘날 우리 시대의 정치적, 사회적 활주로가 아닌가라는 우려섞인 지식인의 목소리가 울리고 있다.

선량한 시민은 오히려 문에 자물쇠를 잠그고 창을 닫고 있어요. 굶주림을 면하기 위해서 시장으로 가는 때만 할 수 없이 그는 자기 방문을 엽니다. 한 줌 쌀과 한 포기 시래기를 사기 위해서. 시장, 그건 **경제의 광장**입니다. 경제의 광장에는 도둑 물건이 넘치고 있습니다. 모조리 도둑질한 물건. 안 놓겠다고 앙탈하는 말라빠진 손목을 도끼로 쳐 떼어 버리고, 빼앗아 온 감자 한 자루가 거기 있습니다. (…중략…) 바늘 끝만 한 양심을 지키면서 탐욕과 조절을 꾀하자는 **자본주의의 교활한 윤리**조차도 없습니다. 파는 사람이 사는 사람을 을러 댑니다. 한국 경제의 광장에는 **사기의 안개 속에 협박의 꽃불**이 터지고 **허영의 애드벌룬**이 떠돕니다. **문화의 광장** 말입니까? **헛소리의 꽃**이 만발합니다.

또 그곳에서는 아편꽃 기르기가 한창입니다. 개처럼 욕정 할 수 있는 기술을 배워 주는 개인 지도와 좀 대중적인 강습소와 이 두 가지 층이 있습니다. 정치의 광장에서는 서로 으르렁거리던 사람들이 뒷골목에 차려진 작은 지붕 달린 광장들, 바와 카바레에서는 공범자처럼 술을 권합니다. 부정하게 얻은 돈이 마구 뿌려지고, 문간에서 바이올린을 켜는 비굴한 예술가의 낯짝에 지폐 뭉치가 뿌려집니다. 발레리나들은 스커트를 한 번씩 들어 줄 때마다 지폐 한 장씩 다투어 가며 주워 모아서는 핸드백에 소중히 간직합니다. 그 핸드백의 무게가 그녀들의 명성의 바로미터이지요. 할 수 없어요. 그녀들의 연습장은 당수협회에서 뺏어 버렸으니깐. 저 빛무리 눈부신 화랑들의 무술 말이에요."(55쪽~57쪽)

'광장'이 지닌 상징성의 세 개의 추가 동시에 운동을 하고 있다. 정치의 광장, 경제의 광장, 문화의 광장이 그것이다. 정치의 광장은 똥오줌에 쓰레기가 가득한 곳이다. 경제의 광장은 도둑 물건이 넘치는 세상- 국가 코로나19 위기 사태에 마스크 사재기 대란, 문화의 광장은 사기의 안개, 협박의 불꽃, 허영의 애드벌룬이다.

'개인만 있고 국민은 없습니다. 밀실만 푸짐하고 광장은 죽었습니다.' 한국 정치사의 단층을 극명하게 보여준다. 뉴스에 연일 터져 나오는 부정부패와 국민 간의 갈등, 라임 펀드 사태와 같은 주식 사기 사건, 표절로 넘쳐나는 문학 세계와 무엇이 다른

가를 고민하게 만든다.

2020년 4월 15일 제21대 국회의원 선거에서 빚어진 양극의 진영 싸움과 같은 정치 광장, 삼성 불법 승계 문제와 같은 경제 광장, 그리고 입시 부정사건, 정의기억연대 사건과 같은 사회적, 문화적 사태의 광장이 그 단적인 예이다. 또한 코로나19로 인한 국가 위기 사태에 마스크 대란. 대란을 틈타 막대한 이윤을 챙긴 마스크 업자. 표절(剽竊) 사건과 연예인의 미술 대작 사건 등등 이 우리 사회의 현주소이다. 1980년대 코미디계의 황제로 칭해 졌던 이주일은 1992년 구리시에서 국회의원 당선된 뒤, 1996년 에 정치계를 떠나면서 "코미디 공부 많이 하고 떠난다"라는 유 명한 말을 남겼다. 그러나 코로나19에 평생 구두닦이로 모은 7 억을 기부한 아저씨. 지적 장애 3급이 지구대에 놓고 간 11장의 마스크와 손편지. 기부란 부자들만 하는 것이 아니라 자신과 같 은 사람도 적지만 기부할 수 있다는 용기로 지구대에 놓고 사라 진 장애인의 행동. 불우한 소녀에게 대학 입학 때 등록금까지 지 원한 소방관. 이들은 모두 답답한 밀실에 등장한 아름다운 광장 의 사람들이다. 밀실과 광장에 이들의 아름다움이 넘쳐나야 하 지 않을까?

8.15 그 해 북으로 간 아버지가 평양의 대남 방송에 나온다 는 이유로 '젊고 가난한 철부지 책벌레'인 명준은 경찰 사찰계 형사와 마주한다. '네 애비가 열렬한 빨갱이니깐 어렸을 때부터 공산주의 영향을 받았을 게 아니야?'라는 취지다. 아버지 때문에 분하고 서러운 감정에 쌓인 명준. 일주일 후 두 번째 취조를 받

는다. 사회주의 운동가인 박헌영(1900~ 1956?) 밑에서 남로당을 하다가 이북으로 도망간 아버지 이형도가 민주주의 민족 통일전선 대남 방송에 나오기 때문에 명준은 서울을 떠나 인천 윤애의 집에 거처하면서 비교적 안정적인 삶을 살아간다. 윤애와의 사랑에 대한 서사구조가 소설의 일정 부분을 이루고 있다.

그러면서 현실로 돌아와 타고르 호에 탄 명준의 배는 홍콩에 닿는다. 그리고 마카오에서 내리지 않은 채 환각에서 도망치듯 떠올린 항구 도시가 닮아있는 만주 어느 벌판에서 겪은 저녁노을을 통해 또 한 번 월북해서 북녘에서 '잿빛 공화국'을 만난다. 잿빛 공화국에서 명준은 당의 명령에 따라 선전 선동하는 강연 무대였다. 북에서 재혼한 아버지를 만난 명준은 다음과 같은 이야기를 한다.

"이게 무슨 인민의 공화국입니까? 이게 무슨 인민의 소비에트입니까? 이게 무슨 인민의 나랍니까? 제가 남조선을 탈출한 건, 이런 사회로 오려던 게 아닙니다. (…중략…) 정말 **삶다운 삶**을 살고 싶었습니다. 남녘에 있을 땐, 아무리 둘러보아도, 제가 보람을 느끼면서 살 수 있는 **광장**은 아무 데도 없었어요. 아니, 있긴 해도 그건 **너무나 더럽고 처참한 광장**이었습니다. 아버지, 아버지가 거기서 탈출하신 건 옳았습니다. 거기까지는 옳았습니다. 제가 월북해서 본 건 대체 뭡니까? 이 무거운 공기. 어디서 이 공기가 이토록 무겁게 짓눌려 나옵니까? 인민이라고요? 인민이 어디 있습니까? 자기 정권을 세운 기쁨으로 넘치는 웃음을 얼굴에 지닌 그런 인민이 어디 있습니까? 바스티유를 부수던 날의 프랑스 인민처럼 셔츠를 찢어서 공화국 만세를 부르던 인민이 어디 있습니까? 저는 프랑스 혁명 해설 기사를 썼다가, 편집장에게 욕을 먹고, 직장 세포에서 자아비판을 했습니다. 프랑스 혁명은 부르주아 혁명이라고, 인민의 혁명이 아니라고요. (…중략…) 젊은 사람 치고, 이상주의적인 사회 개량의 정열이 없는 사람이 어디 있겠습니까? 다만 그들은, 남조선이라는 이상한, 참으로 이상한 풍토 속에서는 움직일 자리를 가지지 못했다는 것뿐입니다. 저는 그런 풍토 속에서 성격적인 약점이 점점 커지더군요. 저는 새로운 풍토로 탈출하기로 결정했습니다. 월북했습니다. 어리광을 피우려는 저의 손길을, 위대한 인민공화국은 매정스레 뿌리치더군요. 편집장은 저한테 이런 말을 했습니다. '이명준 동무는, 혼자서 공화국을 생각하는 것처럼 말하는군. 당이 명령하는 대로 하면 그것이 곧 공화국을 위한 거요. **개인주의적인 정신**을 버리시오'라고요."(114쪽~118쪽)

결국 이명준은 북한에서는 인민일 뿐이다. '인민을 타락시킨 것은 그들입니다. 양들과 개들을 데리고 위대한 김일성 동무는 인민공화국의 수상이라?' 그리고 『노동신문』에 근무 명령을 받았을 때 혁명이 아니고 혁명을 흉내 낸 자신을 저주하면서 야외공연장 의용봉사원으로 자원해서 일하던 중, 오른쪽 허벅지를 다친 채, 위문 온 국립극장 소속 발레리나 은혜를 만난다. '노동자들은 보수보다도 보수의 약속에 지쳤고, 인민 경제 계획의 초과 달성이라는 이름으로, 마지 못해 공짜 일을 하고 있었다. 인민공화국이 잘 되고 있다는 소문은 요란했으나, 정작 자기 둘레를 돌아보면 아무것도 없었다.'라는 북에서의 생활에 대한 환멸을 느꼈다. '광장에는 꼭두각시뿐 사람은 없었다. 사람인 줄 알고 말을 건네려고 가까이 가면, 깎아 놓은 장승이었다. 그는 사람을 만나야 했다. 그러다 운이 좋아 은혜를 만났다.' 은혜와의 사랑을 나눌 때 사람을 만났다고 생각한다.

편집장은 평소에 개인주의적이며 소부르주아적인 잔재를 청산하지 못하고, 당과 정부가 요구하는 바, 과업 달성에 있어서 과오를 범했다고 이명준을 자아비판한다.

"편집장 동무의 보고에 대하여 저는 동의할 수 없습니다."

자리가 술렁거렸다. 편집장이 물었다.

"왜 동의할 수 없습니까?"

"저는 본 대로 옮긴 것뿐입니다."

"그들 가운데 일제 군복을 고쳐서 입은 동무가 있었단 말입니까?"

"그렇습니다. 일제가 달아날 때 병영에서 주운 것이라고 했습니다."

"지카다비는 인민공화국에서도 비슷한 제품을 만들고 있습니다. 혹시 잘못 본 게 아닙니까?"

"아닙니다. 앞이 두 쪽으로 갈라진 왜놈들의 것이었습니다.

"그러면 좋습니다. 그렇다면 설사 그것이 사실이라고 하더라도, 그 사실을 보도한 것이 잘못이라고 생각하지 않습니까?"

"리얼리즘은 사실을 사실대로 옮기는 것이라고 믿습니다."

"그것이 동무의 위험한 반동적 사상입니다. 사회주의 리얼리즘은, 인민의 적개심과 근로의 의욕을 앙양시키고 고무시키는 방향으로 취사선택이 가해져야 합니다. 무책임한 사실의 나열을 일삼는 자본주의 신문의 생리와 다른 것입니다."

"그러나 이 경우에 왜 그것이 버려져야 할 것인지 알 수 없습니다."

"인민을 모욕하는 것이기 때문입니다."

"일제의 군복을 과도기에 입고 있다는 사실을 옮기면, 왜 인민을 모욕하는 것입니까?"

"동무, 작년도에, 위대한 **중국 인민**은, **인민 경제 계획을 초과 완수**했습니다. 의류나 일상생활 필수품은, 전 중국 인민이 입고도 남을 만큼 생산했다는 말입니다. 아마 그들은, 노동을 하는 데 입기 위해서, 일본 제국주의 군대가 버리고 간 물건을 한두 사람이 가지고 있었는지 모릅니다. 그러나, 그 한 가지 사실을 가지고, 이미 인민이 쟁취한, 풍족한 물질 생산 수준에 대해서 회의적인 보도를 하는 것은, **동무 자신의 가슴과 머리 깊이 박혀 있는 소부르**

주아적인 인텔리 근성에 지나지 않습니다. 전체 인민이 새로운 역사를 창조하며, 빛나는 미래를 향하여 전진하고 있는 이 역사적인 마당에, 이명준 동무는 전혀 자신의 주관적 상상에 기인하는 판단으로 트집을 잡으려고 한 것입니다.(125쪽~126쪽)

결국 자아비판에 대한 반박보다는 '허물을 씻고 당과 정부가 바라는 일꾼'임을 이명준은 다짐했다. 개인이 이데올로기에 희생당하는 현실의 주인공이 이명준이다. 이데올로기의 변화에 인간은 종속될 수밖에 없는 현실을 이명준을 통해 다시 한번 보여준다.

1960년 8월 서울에서 북한의 수사 기관인 정치보위부 소속인 명준은 책상 하나를 사이에 두고 남한에서 애인이었던 윤애와 자신의 은인 아들이었던 태식을 만난다. 물론 윤애와 태식은 부부 사이였다. 그들을 풀어주었다. 그들에게 자유를 준 것이다.

북의 은혜는 죽었다. 그리고 아버지도 전쟁 통에 소식이 끊겼다. 그래서 북으로 갈 필요도 갈 수도 없다. 더 정확하게 말하면, 자유가 없기 때문이다. 전쟁이 끝날 무렵, 판문점 포로 교환소에서 남한과 북한의 유혹을 떨치고 그는 중립국을 선택한다. 그리고 타고르 호를 탄 이명준은 밤중에 마카오에 닿기 전 사라진다.

'아마, 마카오에서, 다른 데로 가버린 모양이다.'
아마도 자유로운 갈매기와 함께.

작품의 구성은 첫 부분과 끝 부분은 이명준이 인도 타고르 호를 타고 인도로 가는 도중 바다에 뛰어드는 내용이고, 중간 부분은 '플래시 백 수법'으로 남한의 대학 생활, 북한에서의 신문기자 생활, 그리고 휴전과 동시에 포로수용소에서 풀려나 중립국을 택하는 과정으로 되어 있다. 동시에 남(인천)의 강윤애와 북의 은혜와의 사랑에서 비롯되는 갈등이 또 한 축으로 구성되어 있다. 이 또한 이명준이 겪어 온 삶의 궤적이며 고통이나 이것이 그의 죽음을 결정하지는 못한다. 이데올로기에 지친 이명준의 정신과 육체의 안식을 사랑에서도 얻지 못한다는 무게를 보여 준 것이다.

고전의 가치는 현재까지 우리가 살면서 해결하지 못한 인간과 사회 문제와 닿아있다는 점이다. 물론 경제적 불평등 문제까지도. 남북 관계가 해결되지 않은 우리 사회의 현실적이고도 근본적인 이념적 갈등이 내재해 있다는 점에서도 이 소설을 읽을 가치가 있다.

다음 글은 김욱동의 책(『광장』을 읽는 일곱 가지 방법)에서 발췌한 내용이 중심이다. 인용 의도는 텍스트에 대한 입체적 시각이 작품 이해에 풍부한 감상을 제공하기 때문이다. 독서는 단순한 읽기가 아니라 작품 속에 담긴 치밀하고 논리적인 구조를 파악하여 작품을 이해하는 것 또한 중요하기 때문이다. 단순한 이해보다는 좀 더 다양한 시각이 필요하다는 점에서 정리했다. 독자들도 전문적인 연구 논문까지는 아니더라도 비평의 접근법으로 책 읽기의 다양성을 즐겼으면 하는 바람이다. 그리고 이상섭의 『문학 연구의 방법』도 읽기를 권한다.

문학은 역사적 산물(産物)이라는 전제에서 출발하는 역사주의적 방법론에는, 전기 비평, 언어 비평, 장르 비평, 원전 비평, 원본 비평 등이 여기에 속한다. 우선 전기(傳記) 비평은 작가의 전기적 사실에 비추어 문학 작품을 분석하거나 해석하는 작업이다. 작가 최인훈은 일제강점기인 1936년 함경북도 회령에서 태어나, 고등학교 때 한국 전쟁을 겪고, 피난살이를 남한에서 보냈다는 점에서 『광장』과 관련성을 찾을 수 있다. 일제강점기의 군국주의, 6.25 전쟁의 공산주의, 이승만 정권에서의 자유 민주주의의 허구성을 체험했다는 사실에서, 작품의 관념성이 아닌, 작가의 치열한 현장성을 작품에서 확인할 수 있다는 점이다.

언어(言語) 비평은 문학 작품에 사용된 언어(言語)의 참뜻을 정확히 밝혀내기 위해 작가의 다른 작품은 물론이고 창작 당시의 기록 문서, 작가의 전기적 사실에 도움을 받아 연구하는 방법이다. 가령 일본식 표현(주격 대신에 소유격 표현 등, '나의 살던 고향은~ → 내가 살(았)던 고향은~)과 해방 이전의 한국 교육을 받지 못한 상태에서의 언어 표기와 해방 이후 비교적 정제된 한국어 교육을 통한 표기 때문에 여러 번 개작 과정에서 언어적 표기법을 달리했기 때문에 작품 분석에 중요한 방법이다. 장르 비평은 단순히 문학 장르 문제에만 그치지 않고 더 나아가 문학 전통이나 인습 또는 유형 안에서 작품을 파악하려는 비평 행위를 말한다. 일제강점기 이광수의 『무정』 장편을 제외하고는 대부분 단편소설인데, 6.25 전쟁 후 전후 작가 혹은 신세대 작가인 최인훈이 최초의 중편 소설을 쓴 작가라고 평가할 수 있다. 일제 강점기의 단편소설과 『광장』이후의 장편 소설로 이어지는 한국 소설사의 가교(架橋)역할을 했다는 점에서 주목할 필요가 있다. 그리고 이념 소설, 분단 소설이라는 장르적 특징을 보여 준 작품 이다. 북에서 넘어 온 이호철의 『판문점』, 박경리의 『시장과 전 장』에서 1980년대 조정래의 『태백산맥』과 같은 이념 소설로 이 어진다. 그리고 양쪽 이념에 대한 균형 잡힌 시각에서의 창작이 었다는 점에서 또한 주목할 필요가 있다. 즉 남한에서 북한 문제 만을, 또는 북한에서 남한 문제만을 다루지 않았다는 점이다. 원 전(原典) 비평은 문학 작품의 영향(影響) 관계를 밝히는 작업으 로, 작품을 쓴 바탕 자료, 책 등을 추적하여 텍스트 상호 관계를 규명한다. 근본적으로 작가의 작품은 영향 관계에 놓여 있다는 전제에서 출발한다. 예를 들어, 셰익스피어의 『햄릿』은 영국의 토마스 키드의 『원(原) 햄릿』이 있었다는 점에서 충분히 설명된 다. 그리고 원본 비평 등이 있다. 해체(解體)주의자와 포스트 구조 주의자들은 이 세상에 독창적인 작품이란 존재할 수 없다는 상호 텍스트성 이론을 강조한다. 최인훈의 『광장』(≪새벽≫, 1960, 11, 제7권)과 이태준의 『해방 전야』(1947)의 관계에서 "설 땅이 없이 뿌리뽑힌 한 지식인의 근원적인 소외"를 다룬다는 점에서 상호 텍스트성을 발견할 수 있다. 그리고 박용준의 단편소설 『용촌도 근해』(1953)의 주인공이 동료를 밀고하고 전쟁포로에서 풀려난 뒤, 고향 용촌도로 가기 전 자살한 점, 한 여인에 대한 사랑으로 괴로워한다는 점, 주인공이 전쟁 포로인 점이 상호 텍스트성과 관련성이 높다. 원본 비평은 저자가 의도한 바 그대로의 텍스트를 찾아 복원하는 작업이다. 이를 '권위 있는 텍스트 = 결정판 텍스트'라고 한다. 가령 이육사의 『꽃』에는 '비 한 방울 내리잖는 그 따에'(시간적 개념)라는 구절에서, 김학동은 '그 땅에'(공간적 개념)로 잡았다. 이 시의 이해에 미친 영향 관계를 한번 생각해 볼 필요가 있다.

역사주의적 방법과 달리 문학의 형식적인 구조를 밝혀내려는 형식주의적 비평 방법은 러시아 형식주의와 1930년 미국의 신비평(新批評)으로 대표된다. 러시아 형식주의는 1915년에 발생, 미국으로 건너가 신비평으로 발전하게 된다. 형식주의적 방법은 단적으로 말해, 문학적 언어는 '일상어에 저지른 조직 범죄'(R. 야콥슨)라고 한다. 앞에서도 언급했듯이 역사주의 비평가들은 '저자의도 = 작품 의미'라고 하는 생각과 달리 저자 의도는 작품과 관련성이 없다는 전제에서 출발한다. 그래서 저자의 의도만으로는 작품을 이해하지 못하고, 오로지 작품 내에서 그 의미를 찾아야 한다는 것이다. 그래서 작가의 의도만으로 작품의 의미를 파악하는 것은 '의도론적 오류'라고 비판한다. 그리고 작품이 독자에게 미치는 영향이나 효과를 판단 기준으로 삼는 것 역시 '영향론적 오류'라고 한다. 가령 그리스 시대의 항아리나 고려청자는 실용적 목적이 아니라 그 자체만의 구성으로 빚어진 아름다움이 있다는 것이 바로 형식주의자들의 주장이다. 그래서 형식주의 비평 방법은 오로지 그 작품 자체의 내재적 가치를 중시한다. 항아리를 누가 만들었는지, 청자를 누가 제작했는지는 중요하지 않다.

다만 그 항아리와 청자의 아름다움만이 평가의 대상이기 때문이다. 흔히 공모전에서 작품으로 평가하듯이.

『광장』의 첫 문장에서 쉼표를 통한 시적인 리듬감을 통해 '낯설게 하기'(쉬클로프스키)를 보았고, 물론 7번의 개작 과정을 통해 첫 문장을 수정하였다. 작품의 구성 또한 개작을 했다는 사실만으로 작품의 주제(내용)를 담는 형식이 중요하다는 반증이다. 개작 전의 작품 구성으로는 작가의 의도를 분명히 드러내지 못했다는 판단이 있었을 것이다. 그리고 『광장』에 자주 등장하는 '물'의 이미지는 작품에서 '강, 비, 바다'와 같이 연결되어 이명준의 삶의 궤적(軌跡)과 동일선을 이룬다는 측면에서 형식주의적 특징을 보여주고 있다.

20세기 정신분석학자 프로이트와 에리히 프롬의 정신분석학 이론에 근거하여 문학 작품을 분석하는 심리주의적 방법론은 주인공의 인물 심리를 들여다볼 수 있다. 특히 주인공 이명준이 바다에 투신하는 장면을 프로이트와 연결해 보면, '바다'는 '어머니의 자궁'처럼 평안하고 따뜻한 곳, 한 마디로 영원한 고향으로 상징된다. 남과 북의 이데올로기 갈등 속에서 이명준이 스스로 해결할 수 없는 한계에 놓인 상태에서 택한 길이 바로 '바다'이다. 그래서 모든 생명체가 생겨나는 생명의 근원인 '푸른 광장'이 '바다'이다. 또한 이명준의 죽음은 생명의 근원인 바다로 돌아간다는 측면은 심리주의 비평의 접근이 가능하다. 정신과 의사인 조두영의 『목석의 죽음』은 50년대 전후 작가이며, 천재 소설가 손창섭을 다루고 있다. 한국소설 문학사에서 조명받지 못한 손창섭은 일본에서 작고했던 비운의 소설가이다.

사회주의 비평 방법에 대해서 외부의 사회상이 민감한 개인(작가)의 내면으로 파고 들어간 형태가 다시 표출된 것이 작품의 미시적 사회상이라는 비평가 이상섭의 정의를 참고할 필요성이 있다. 4.19의 자유로운 사회적 분위기가 작품 생산과 출판을 가능하게 했지만, 1979년 전두환 군부에서는 출판 금지가 되었다는 사실은 문학 사회학적 관점 중 하나이다. 그런데 작품의 주제와 내용에 관한 보다 본질적인 것을 다루는 것이 문학 사회주의 비평 방법이다. 즉 한반도의 분단 상황을 다루고 있다는 점과 비정치적인 면처럼 보이는 주인공 이명준의 삶은 분단 상황을 인식하고 있는 정치적인 삶이라고 볼 수 있다. 분단의 외부적 사회상에 민감한 이명준의 내면이 드러난 작품이 『광장』이다.

자살에 대해 체계적으로 연구한 에밀 뒤르켐의 『자살론』에 따르면, 타아적 자살, 자아적 자살, 운명적 자살, 아노미적 자살로 나눈다. 타아적 자살은 사회가 개인에게 목숨을 끊도록 유도하는 경우인데, 개인과 사회의 긴밀성에 따른다. 즉 국가 명예를 위해 자살하는 경우이다. 자아적 자살은 개인과 사회의 긴밀성과 관련 없이 개인의 고립감과 소외감에서 일어나는 경우이다. 그리고 운명적 자살은 노예처럼 사회가 개인의 행위를 규제할 때, 개인의 미래가 전망이 없을 때 발생한다. 남북한 이념 논리에서 미래의 전망을 찾을 수 없었던 이명준의 운명은 자연스럽게 이해된다. 아노미적 자살은 개인의 욕망과 야망을 억제하는 사회적 규범이 무너질 때 나타난다. 그렇기 때문에 『광장』의 이명준은 자아적 자살과 아노미적 자살과 결부된다. 제3국에 가는 이명준의 뿌리 뽑힌 삶은 자아적 자살이며, 전쟁과 더불어 유교적 이념이 무너짐과 동시에 이를 대체할 국가 이념의 혼란으로 인한 아노미적 자살이라고 할 수 있다.

신화주의적 방법론은 세계 곳곳에 공통으로 나타나는 집단적인 '원형(原形)'을 바탕으로 문학을 접근한다. 『광장』에 등장한 북의 아버지의 경우, 이명준이 아버지를 찾아 북으로 가는 행위는 '아버지 탐색'(유리왕이 주몽을 찾는 설화)의 모티브를 볼 수 있다. 그리고 물(바다)은 재생의 모티브로 작용한다. 이명준과 은혜가 사랑을 나눈 공간은 동굴로 '여성의 자궁'을 상징하는 모티브이다. 그리고 『광장』의 주요한 신화적 패턴은 '삶 → 죽음 → 부활'이라는 패턴을 이명준의 죽음을 통해 볼 수 있다.

소쉬르의 『일반 언어학 강의』에서 중요한 '랑그'와 '파롤'의 두 개념을 필두로하는 구조주의(構造主義) 접근 방법론은 세계적 주목을 받았다. '랑그'는 추상적인 언어 체계이고 '파롤'은 구체적이고 개별적인 스피치 행위를 말한다. 랑그와 파롤은 '이항 대립'에서 가장 핵심적인 개념으로 쓰인다. 특히 랑그의 언어 체계에서 '이항 대립' 개념을 세운다. 가령 유성 / 무성, 긴장 / 이완(언어 현상을 설명할 때 사용하는데, 이는 로만 야콥슨의 개념)처럼 두 짝으로 이루어진 대립 현상을 말한다. 그리고 창작의 수사법에서 언어학에 기대는 은유법은 유사성과 선택에 의한 장치라면, 환유는 인접성과 결합에 기초를 둔 수평적 비유법이다.

문학 비평에서 구조주의자들은 이항 대립을 문학 작품을 읽고 해석하는 핵심적인 전략으로 삼는다. 기본적인 언어 체계는 일련의 이항 대립에서 드러나 있다고 보는 것이다. 가령, '남성/여성, 밝음/어두움, 높음/낮음, 흰색/검은색, 착함/악함, 참/거짓'처럼 주변에서 볼 수 있는 인간의 언어이다. 이러한 보편적인 이항 체계의 언어 구조를 『광장』에서 확인할 수 있다. 우선 작품의 중요한 이항 대립은 '광장'과 '밀실'부터 시작한다. 이항 대립 구조를 정리하면 다음과 같다.

등장인물과 공간적 배경 관계	이데올로기와 주인공 관계	주인공과 시간적 배경 관계	등장인물의 관계
이명준 - 이명준	남한 - 북한	이명준 - 이명준	남한 - 북한
육지 - 바다	이명준 - 이명준	한반도 - 타고르 호	이명준 - 이명준
한반도 - 지나해	자유민주주위 - 공산주의	과거 - 현재	윤애 - 은혜

이러한 이항 대립은 작품의 원리를 객관화시키며, 또한 작품의 이해의 정도를 바로 파악할 수 있다. 이러한 구조주의 비평의 접근을 통해 작품을 이해하고 분석할 수 있다는 장점이 있다. 이와 같은 구조주의 문학 이론은 객관성과 엄밀성을 공감할 수밖에 없는 과학적 접근법이라는 평가를 받는다.

20세기 초, 전세계는 포스트 구조주의에 열광했다. 데리다의 해체주의와 라캉의 정신분석 이론은 가장 대표적인 포스트 구조주의 이론이다. 이 두 용어는 동의어처럼 흔히 사용되기도 한다. 앞에서 보듯이 인간의 모든 기호가 체계적으로 설명한다는 것은

'헛된 일'이라고 한다. 이 세상 모든 이야기를 단일한 구조 안에서 파악하려는 구조주의 이론가들의 한계를 지적한 것이다. 즉 남성/여성의 이항 대립의 구조주의는 남성과 여성은 인간이라는 점은 동질 개념이지 이항 대립 개념이 아니라는 공감을 얻게 된다. 인간의 반대 개념은 동물이다. 그리고 이항 대립처럼 보이지만 동물이라는 동질 개념이 성립한다. 물론 무생물이라는 반대 개념은 또한 성립한다. 이처럼 대립 개념의 차원만 바꾸면 실제 동질 개념인 경우가 많은 것처럼 구조주의 자체를 무너뜨리는 해체주의적 관점이 있다는 점을 강조한다. 그래서 작품끼리의 상호 텍스트성을 중시하는 것이다.

해체주의자와 포스트 구조주의의 핵심은 '상호 텍스트성'과 '의미의 비결정성'으로 요약된다. 텍스트와 텍스트 사이에 존재하는 상호 관련성을 지적하는 개념이다. 창작은 이전의 어떤 창작 태도나 의미로부터 뒤섞여 있다는 주장이다. 그래서 바르트가 말한, '저자의 죽음'이 호소력을 얻는 것이다. 그렇기 때문에 저자의 의도를 문학 작품의 의미로 볼 수 없다. 그래서 저자가 작품에서 의도한 의미는 텍스트가 태어나는 순간 바로 사라진다는 것이다. 작품의 의미는 복수적이고 다원적인가 하면, 매우 불완전하고 가변적이다. 그래서 문학 작품에서 객관적인 의미를 찾는 것은 불가능한 일이다. 그래서 바르트는 작품에서 텍스트로 바뀌었다고 한다. 그래서 텍스트는 항상 열려있는 것이다. '광장'이라는 말은 남한이나 북한과 같은 구체적인 지명을 뜻하기도 하고, '새로운 광장'이나 '푸른 광장'에서처럼 육지나 바다와 같은 공간을 뜻한다. 또한 '정치의 광장'이니 '경제의 광장'이니 또는 '문화의 광장'이라는 세 개의 추(錘) 가운데 어느 특정한 분야나 영역을 가리키기도 한다. '광장'이라는 시니피앙을 하면 그 의미인 시니피에가 무수하게 많아진다. 작가가 어떤 맥락에서 이 용어를 사용하느냐에 따라 그것이 뜻하는 바는 판이해진다.(기타 구조주의 비평 방법과 포스트 구조주의 방법에 대한 구체적 논의는 김욱동의 책을 참고.)

한 편의 글을 대하는 학문적 접근, 다양한 시각, 그리고 정교한 분석력은 정신적 지식을 축적한 부자(富者) 독자의 기본적인 태도이다. 평면 위에 한 점을 지나는 직선은 무수하게 많다. 마찬가지로 하나의 텍스트를 관통하는 방법론은 무수하다. 그래서 심오한 텍스트를 읽어내는 부자 독자가 많아진다.

독생자가 권하는 고전(古典)

1. 콜린 윌슨, 『아웃사이더』

2. 제임스 D. 윌킨스 『지식인과 저항』

3. 에밀 뒤르켐, 『자살론』

4. 장 프랑수아 리오타르, 『포스트 모던의 조건』

5. 김경린, 『알기 쉬운 포스트모더니즘과 그 주변 이야기』

6. 조두영, 『목석의 죽음』

7. 정철훈, 『내가 만난 손창섭』

8. 이상섭, 『문학 연구의 방법』

제2부

현상과
실존에 대한 접근

- ◇ ◆ ◆ ◇ -

　어쩌면 하찮은 인생인 줄 모르고 자신을 매질하면서 살아왔던 삶의 순간순간, 정신 줄기를 가다듬고 노력했던 삶이 허망하게도 신체적인 고통으로 꺾이면서 살았다는 생각이다. 몇 줄의 언어로 천리(天理)를 알았다는 듯이, 결국은 졸필이 될 줄이야, 참으로 '나'란 존재를 부여잡고 살아온 모든 것이 아쉽다. 이런 아쉬움은 삶을 치열하게 산 인간 누구나 가지는 감정에 불과한 것이 아닐까? 우리가 흔히 사용하는 '피그말리온 효과'[일이 잘 풀릴 것이라고 기대하는 자기충족 예언(self-fulfilling prophecy)]라는 말을 낳은 조지 버나드 쇼는 셰익스피어 이후 가장 뛰어난 극작가라는 평가를 받았다. 그의 묘지명에는 '내 언젠가 이 꼴날 줄 알았다.'라는 명언을 남겼다. 자아를 찾는데, 그 자아는 초월(超越)적 인간인가? 아님 범인(凡人)인가? 1925년 노벨상을 받은, 셰익스피어 이후 최고의 극작가로 꼽히는 버나드 쇼의 『범인과 초인』은 눈에 들어올 수밖에 없다. 그런데 희곡 작품이다. 굳이 희곡이라고 하는 '어투'에는 작품 감상이 막막하다는 어감이 들어있다. 물론 책 읽기의 막막함은, 당사자는 독자이며 필자이다. 『범인과 초인』을 며칠을 두리번거리느니 차라리, 그의 일대기 『버나드 쇼-지성의 연대기』를 읽는 것이 낫다고 생각했다. 아웃사이더 콜린 윌슨은 인간 존재의 의미를 찾던 중, 『범인과 초인』을 14세 때 읽고 충격을 받았다고 한다.

　그의 삶에서 대부분의 유쾌함은 부모로부터 받았다고 하는 이 책은 흥미를 주었다. 그의 아버지 조지 카 쇼는 '그는 재미는 있었으나 나이가 많았고, 귀족이었으나 돈이 없었다.'라는 -뿐만 아니라 결혼 후에는 지나치게 술에 취해서 사회와 단절되기도 했다는 대목에서 아버지는 그보다 나이가 배로 적은 엘리자베스 걸리라는 여인을 만나, 1856년 7월 26일 버나드 쇼를 낳았다. 이러한 환경에서 쇼는 자유로운 영혼의 소유자가 되었고, 어머니 또한 자신의 음악에만 몰두한 상상력의 소유자였다. 어머니는 집에서 음악 활동을 했기에 15세가 되기 전에 '헨델'과 '베르디', '구노'에 이르기까지 대가들의 곡을 거의 외우다시피 했다. 모차르트를 쇼는 가장 좋아했다. 쇼는, 명분상 금수저이나, 실제 삶은 흙수저일 것으로 보인다. 그런데도 세계적인 작가가 되었다는 점이, 필자의 눈을 사로잡았다. 문학에 대한 공감은 독자들의 삶의 경험과 공유할 때 크게 반응이 일어난다. 필자는 아무것도 내세울 수 없는 소위 흙수저 집안에서 자랐다.

삶의 순간순간은 '존재의 가치는 무엇인가'라는 실존의 문제이기도 하다. 인간 자체만으로 존재의 개념이 규정되는 것이 아니라 인간이 스스로 만든 현실과의 거리를 두고 규명할 수는 없다. 그래서 현실 속의 존재를 객관적으로 이해할 수 있는 테두리는 있어야 인간에 대한 실존적 이해에 다가갈 수 있지 않는가. 4차 산업 혁명 시대인 오늘날은 가상 현실과 현실의 경계의 모호성으로 인간이 현실을 대하는 양상이 어떻게 변화되었는지 독서를 통해 궁리할 필요가 있다. 콜린 윌슨처럼.

제4권

장 보드리야르의 『시뮬라시옹』

시뮬라시옹, 아우라, 아웃사이더, 상호 텍스트성, 술이부작(述而不作)

복잡한 현실을 정리해 개념화하는 지식은 깊은 인상을 줄 수 있다.

우리 사회는 기호가 실재(實在)를 대체하고 있다. 즉 현대 사회는 실재란 없으며 '실재의 환각'만을 제공하는 시뮬라크르에 의해 둘러 싸여 있다는 것이 프랑스의 사회학자 장 보드리야르의 주장이다. 시뮬라크르와 함께 장 보드리야르는 『시뮬라시옹』을 통해 자본주의의 허상(虛像, 가상 현실)의 맹점을 신랄하게 비판했다. 이 책에서는 시뮬라크르와 시뮬라시옹의 차이를 다음과 같이 설명하고 있다. 시뮬라크르는 실제로는 존재하지 않은 대상을 존재하는 것처럼 만들어 놓은 인공물을 지칭한다. 시뮬라시옹은 시뮬라크르의 동사적 의미로 '시뮬라크르 하기'이다. 예를 들면 컴퓨터 화면상 미사일 발사 장면은 실제와 차이를 보이지만, 전쟁 시에는 이 가상 발사 장면처럼 할 것이기 때문에, 가상이 더 현실을 지배하게 되는 현상이라고.

시뮬라크르가 실제로는 존재하지 않은 대상을 존재하는 것처럼 만들어 놓은 인공물을 지칭한다면, 장 보드리야르가 예시한 미국의 "디즈니랜드는 모든 종류의 얽히고설킨 시뮬라크르들의 완벽한 모델"인 셈이다. 전 세계 어디에도 디즈니랜드 같은 실재는 존재하지 않기 때문이다. 그러나 시뮬라크르는 실재보다 더 실제적인 것이 되어, 점점 실제 존재하고 있는 것하고는 아무런 관련성(關聯性)이 없는 독자적인 실재가 되어 궁극에는 비현실적인 것으로 전도되어 버린다. 궁극에는 디즈니랜드가 하나의 독립된 실재처럼 형성된 세계이다. 시뮬라크르는 실재를 바탕으로 중요 이미지를 극대화하여 더 실제처럼 보이게 한다. 이러한 과정을 시뮬라시옹이라고 한다. 과정에서 추상화되고 개념화된다고 우려되기 때문에 장 보드리야르는 추상과 시뮬라시옹의 차이를 구별했다. 추상은 아직 원본과 그 복사라는 이원론에 기초하고 있음으로 하여 이미지는 어디까지나 실체의 그림자로서 사실성이 결연되어 있는 반면에, 시뮬라시옹은 이미지가 원 실체를 가정하지 않고, 스스로 실체인 이미지 혹은 모델을 만드는 것이다.

디즈니랜드의 상상 세계는 참도 거짓도 아니고, 실재의 허구를 역으로 재생하기 위하여 설치된 기계이다. 그로부터 이 상상 세계의 허약함과 유치한 백치성(白痴性)이 나온다. 이 세계가 어린애 티를 내려하는 이유는, 어른들이란 다른 곳, 즉 '실제의 세상'에 있다고 믿게 하기 위하여, 그리고 진정한 유치함이 도처에 있다는 사실을 숨기기 위하여, 어른들의 유치성 그 자체가 그들의 실제 유치성을 환상으로 돌리기 위하여 어린애 흉내를 낸다. 게다가 디즈니랜드만이 유일한 것이 아니다. 마술 걸린 마을, 마술의 산, 해저 세계 - 로스앤젤레스는 이러한 종류의 상상 발전소로 둘러싸여 있는데, 이 발전소들은 비실재적인 끝없는 순환망일 따름인 신비한 도시에 실재, 즉 실재의 에너지를 공급한다. 환상적으로 펼쳐졌지만 공간도 차원도 없는 그런 마을 말이다.

디즈니랜드와 같은 세계는 실재하지 않는 만들어진 시뮬라크르이다. 환상(幻想)의 세계다. 이 세계는 실재하지 않은 현실에 에너지를 공급하고 있는 것이다. 그렇다면 허상과 실재 사이에서 우리는 무엇을 추구해야 하나? 그것을 논리적으로 설명하기에 다소 어려움이 있지만, 분명한 것은 대상의 본질을 추구하는 것은 분명하지 않은가? 그래서 강만우는 자신의 문학 정신을 '현실에 존재하지도 않는 디즈니랜드'와 같이 구현한 것이 『염소의 노래』라고 착각한 것은 아닌지. 민준규는 실재하지 않는 디즈니랜드 마을을 본 것은 아닌. 이는 본질을 외면한 현실의 문제점을 그대로 노출했다. 그래서 문학이든 사회든 대상에 대한 본질을 추구해야 한다는 역설이 성립하는 것이다. 자기 존재란 결국 허상을 쫓은 것은 아닌지……(어쨌든 이 책은 읽어내기가 만만찮다. 그러나 완벽한 독서란?) 가상과 현실을 넘나드는 메타버스(Metaverse) 시대에.

우리가 일상에서 '본다'라는 개념이 담긴 의미는 대상의 현상보다는 실재 즉 본질을 규명한다는 전제가 바탕이다.

실재[A]와 실재[A]를 바탕으로 실제적인 재현[a]하기[시뮬라시옹]의 결과는 더 실제적인 실재인가? 아니면 또 다른 실재[b]인가에 대한 문제로 귀결된다. 이러한 실재에 대한 본질의 중요성을 고민하는 이유는 모든 대상에 본질의 가치를 규명하자는 데 있다. 1991년 조성기의 『우리 시대의 소설가』에 나오는 『염소의 노래』[a]가 어떤 내용이길래, 독자인 민준규는 정신적 피해, 시간적 낭비라고 했을까? 소설가 강만우는 자신이 창작한 원고도 책도 구할 수 없어 사이비 작품이라는 『염소의 배꼽』[a']만 가지고 있을 뿐이다. 그런데 감동받은 독자가 많다고 하는가? 같은 작품을 보는 시각차인가? 그렇다면 작품의 어떤 내용을 담아야 하는지? 어쩌면 우리가 궁극적으로 소비하면서 즐거움을 만끽해야만 하지 않는가, 작품을!

모든 대상(對象)은 본질(本質)을 지니고 있다. 다만 본질을 파악하지 못하고 대상의 가치만을 부각하는 세상이기도 하다. 여기에 1950년대 전쟁의 참혹한 현실에서 살아 있는 대상 혹은 존재를 찾고자 하는 노력을 보여 준 김춘수의 「꽃」을 읽어야 하는 이유이다. 6.25 전쟁의 참혹한 현실 앞에서 대구의 교사(校舍)에서 석양을 바라보면서 상념에 잠긴 시인이 실존의 문제에 펜을 들었다. 존재의 본질은 실존이다.

내가 그의 이름을 불러 주기 전에는
그는 다만
하나의 몸짓에 지나지 않았다.

내가 그의 이름을 불러 주었을 때

그는 나에게로 와서

꽃이 되었다.

내가 그의 이름을 불러 준 것처럼

나의 이 빛깔과 향기에 알맞은

누가 나의 이름을 불러 다오.

그에게로 가서 나도

그의 꽃이 되고 싶다.

우리들은 모두

무엇이 되고 싶다

너는 나에게 나는 너에게

잊혀지지 않는 하나의 눈짓이 되고 싶다.

— 김춘수, 「꽃」

    '그'는 지시 대상이며, '하나의 몸짓'은 대상의 움직임이기 때문에 생물이라고 볼 수 있고, 결국 '그'는 '꽃'이라는 실체인 '실재'로 등장한다. 추상적인 대상이 궁극에는 구체적인 실재로 나타난다. 그래서 '그 − 하나의 몸짓 − 꽃(본질= 실재 = 실존)'의 관계로 보면, '꽃'이라는 실재를 확인하는 것이다. 발터 벤야민이 주장한 인식 주체가 대상을 통하여 작동하는 고유한 정신 활동이라는 아우라[Aura]는, '나'만의 아우라 즉 실재의 특징인 '빛깔과 향기'가 있다. 감각 경험의 대상의 고유성이 인식 주체에게 지각된 특징인 것이다. 예를 들어 장인마다 사용하는 망치는 각각 모양이나 특징이 있는데, 이 망치를 사용하는 장인마다 그 사용에서 느끼는 고유성이 있다. 그런데 현대인에게는 복제된 기술의 망치일 뿐이다. '나'는 '나'대로, '너'는 '너'대로 실재하는 대상이다. 이러한 지시 대상엔 아우라가 있다. 아우라가 사라지는 순간 대상의 실재는 사라지고 대체하는 대상은 그저 실제처럼 보이는 가짜인 것이다. 그래서 이는 실존주의에서는 실제 자체를 '실존'으로 명명(命名)한다.

'잊혀지지 않는 하나의 눈짓'은 무엇일까? '나'와 '그'는, 결국 실재이다. 실재는 잊히지 않으려는 존재이다. 그렇지만 '너무 추상적이지 않나'하는 생각이 든다. 대상에 대한 존재의 인식인 꽃의 명명이 필요한 것이 아닐까? 꽃마다 가진 특징[아우라], 대상의 본질[실존]이라고나 할까?

내가 그의 이름을 불러 주기 전에는
그는 다만
왜곡될 순간을 기다리는 기다림
그것에 지나지 않았다.

내가 그의 이름을 불렀을 때
그는 곧 나에게로 와서
내가 부른 이름대로 모습을 바꾸었다.

내가 그의 이름을 불렀을 때
그는 곧 나에게로 와서

풀, 꽃, 시멘트, 길, 담배꽁초, 아스피린,
아달린이 아닌
금잔화, 작약, 포인세티아, 개밥 풀, 인동,
황국 등등의
보통 명사나 수 명사가 아닌
의미의 틀을 만들었다.

우리들은 모두
명명하고 싶어 했다.
너는 나에게 나는 너에게.

그리고 그는
그대로 의미의 틀이 완성되면
다시 다른 모습이 될 그 순간
그리고 기다림 그것이 되었다.

— 오규원, 「'꽃'의 패러디」

1연에서 '왜곡되는 순간'은 실재에서 실재가 사라지는 순간이라면, 2연에서 '내가 부른 이름대로 모습'은 실재이면서 본질이다. 3연에서 '풀, 꽃, 시멘트, 길, 담배꽁초, 아스피린, / 아달린이 아닌 / 금잔화, 작약, 포인세티아, 개밥 풀, 인동, / 황국 등등의 / 보통 명사나 수 명사가 아닌' 실재의 본질인 '의미의 틀'을 갈구한다. '풀, 꽃'은 보통 명사인데, '금잔화, 작약, 포인세티아, 개밥 풀, 인동, / 황국 등'은 구체적인 지시 대상이며, 실재하는 실재들이다. 4연에서는 '명명'은 개념화된 지시 대상이다. 즉 실재하는 대상이기도 하다. 5연에서는 '그는 / 그대로 의미의 틀이 완성되면' 시뮬라시옹으로 또 다른 실재로 '다시 다른 모습이 될 그 순간'이다.

두 작품 가운데 어떤 작품이 실재인가를 놓고 논란이 있을 수밖에 없다. 다만 오규원이 원전 「꽃」을 패로디(Parody)했다고 밝혔기 때문에 독자들이 알게 된다. 물론 작가의 양심이 먼저 알고 있다. 작가의 창의성이 비범하지만, 그 비범함을 창의성으로 둔갑(遁甲)해 베낀다면 알렌 소칼이 지적하는 '지적 사기'이다. 후대 시인들은 영향력 있는 선배 시인의 고전 작품에 대한 영향력을 '시적 영향력에 대한 불안'으로부터 자유로울 수 없다는 블룸버그의 말에 또한 귀를 기울여야 한다. 그래서 패로디의 성립에 대한 의견이 대립하는 것이다. 패로디는 이미 고려 시대부터 문인들이 중국 한시의 대가인 두보나 이백 등의 한시에서 시적 의미를 인용하여 창작하는 용사(用事)와 새로운 것이 없고 선대로부터 이어져 온 작품을 재해석하는 술이부작(述而不作)이라는 입고출신(入古出身)을 허용하는 시대적 창작의 분위기와의 관련성을 짚어 볼 수 있다.

다른 각에서 보면 포스트모더니즘의 특징인 상호 텍스트성을 확인할 수 있다. 지적 사기인지? 아님 창작인지에 대한 논란을 멈추지는 못했다. 그럼에도 불구하고 패로디라는 명명(命名)으로 예술의 가치를 부여하고 있다. 근거는 지시 대상을 재현해 목표로 하는 대상은 또 다른 대상으로 여겨지기 때문이다.

지시 대상	시뮬라크르하기
실재[본질]	가상 현실
아우라[Aura] ○	아우라[Aura] X
실재[a]	현실에서 재현하지만 차이가 남. 또 다른 실재[a']
김춘수의 「꽃」	오규원의 「꽃의 패러디」

* 참고- 포스트 구조주의 비평 방법

『광장』에서 언급했던 포스트 구조주의의 상호 텍스트성과 의미의 비결정성은 『꽃』과 「꽃의 패러디」라는 기호를 새롭게 접근할 수 있다. 구조주의와 포스트 구조주의를 다시 정리해 볼 필요가 있다. 인간의 모든 기호가 체계적으로 설명한다는 것은 '헛된 일'이라고 한다. 이 세상 모든 이야기를 단일한 구조 안에서 파악하려는 구조주의 이론가들의 한계를 지적한 것이다. 즉 남성/여성의 이항 대립의 구조주의는 남성과 여성은 인간이라는 점은 동질 개념이지 이항 대립 개념은 아니다. 반대 개념은 동물이다. 그리고 이항 대립처럼 보이지만 동물이라는 동질 개념이 성립한다. 무생물이라는 반대 개념은 또한 성립한다. 이처럼 대립 개념의 차원만 바꾸면 실제 동질 개념인 경우가 많은 것처럼 구조주의 자체를 무너뜨리는 해체주의적 관점이 있다는 점을 강조한다. 그래서 작품끼리의 상호 텍스트성을 중시하는 것이다.

해체주의자와 포스트 구조주의는 '상호 텍스트성'과 함께 '의미의 비결정성'으로 요약된다. 텍스트와 텍스트 사이에 존재하는 상호 관련성을 지적하는 개념이다. 창작은 이전의 어떤 창작 태도나 의미로부터 뒤섞여 있다는 주장이다. 그래서 바르트가 말한, '저자의 죽음'이 호소력을 얻는 것이다. 저자의 의도를 문학 작품의 의미로 볼 수 없다. 그래서 저자가 작품에서 의도한 의미는 텍스트가 태어나는 순간 바로 사라진다는 것이다. 작품의 의미는 복수적이고 다원적인가 하면, 매우 불완전하고 가변적이다. 문학 작품에서 객관적인 의미를 찾는 것은 불가능한 일이다. 바르트는 작품에서 텍스트로 바뀌었다고 한다. 그래서 텍스트는 항상 열려있는 것이다.

독생자가 권하는 고전(古典)

1. 사르트르, 『실존주의는 허무주의자』

2. 알렌 소칼, 『지적 사기』

3. 블룸버그, 『시적 영향에 대한 불안』

제5권

칼 포퍼의 『과학적 발견의 논리』

확증(確證) 편향의 사회 부조리(不條理), 그 극복

일상생활에서 대화자끼리 부딪히는 문제에 대해, '말처럼 되
냐고?'라는 말을 되풀이 한다. 현실에서 일어나는 사건과 그 사
건에 대한 구체적인 내용 사이에 벌어진 차이 때문에 내뱉는 말
이다. 우리는 경험과 지식을 바탕으로 세계를 이해하고 표현한
다. 그래서 자신의 지식과 경험의 타당성과 객관성이 사건과 현
상에 정확하게 부합해야만 상대방에게 공감과 행동의 변화를 기
대할 수 있다. 이러한 지식과 경험의 타당성과 객관성에 대한 이
해가 필요한데, 적어도 칼 포퍼의 과학적 검증과 합리적 추론이
이와 같은 논의에 뒷받침할 수 있을 것이다.

칼 포퍼는 『과학적 발견의 논리』에서 '우리 자신과 우리 지
식을 세계의 일부로 포함하는 세계를 이해하는 문제'에 주목했
다. 세계를 이해하는 데 있어 언어 분석가들은 진정한 철학의 문

제를 고려하지는 않는다. 설령 철학적 문제가 있다고 하더라도 그것은 언어적 용법 혹은 낱말의 의미 문제일 뿐이라고 생각하는 언어 분석가들과는 다른 생각을 칼 포퍼는 가지고 있었다. 인간은 누구나 철학적 문제로 우주론의 문제에 관심을 가져야 한다는 주장이다. 칼 포퍼는 모든 과학은 우주론이며 철학의 흥미도 우주론과 깊은 관련이 있다고 주장한다. 즉 과학적 지식의 성장을 연구함으로써 지식의 성장을 볼 수 있다는 관점이다. 그래서 문제를 분명하게 진술하고, 그 진술에 대한 해답들을 비판적으로 검토(檢討)해야 한다는 입장이다. 이러한 과학적 검증이 오늘날 우리들의 삶과는 어떤 연관성이 있는지에 대한 고심으로 이어져야 한다. 이 책의 가치는 여기에 있다. 과학적 지식의 검증을 통해 일반적인 지식의 성장으로 대체되고, 이 과학적 지식을 바탕으로 우리의 삶에 대한 해결책으로 활용될 수 있기 때문에 칼 포퍼의 이론에 공감할 수 있다.

그렇다면 지금, 이 순간의 한국 사회, 아니 세계사의 흐름에서도 표출된 양극화의 갈등까지를 포함해 우리가 해결해야 하는 문제를 안고 있다고 볼 수 있다. 갈등(葛藤)의 그 내밀(內密)한 이유는 바로 자기 생각만이 옳고 정의롭다는 관점을 버리지 못하기 때문이다. 옳고 정의롭다는 관점은 자신만이 알 수 있고 설명할 수 있는 과학적 근거(?)라고 착각(錯覺)하고, 자신의 주장에는 자신에게만 의미있는 인용 근거로 뒷받침하고 있다. 그래서 상대방의 주장에 대해 끊임없이 검증하고 연구하고 관찰해야 하는 이유이다. 칼 포퍼가 지적한 것처럼 세계를 이해하는 문제를 해결하는 방법이기 때문이다. 독서는 현실을 둘러싸고 있는 문제를 해결하는 실마리를 찾는 논리와 힘을 가진다. 독서를 이기는 법은 없다. 이러한 논리와 힘을 칼 포퍼에서 느낄 수 있다. 그래서 이 책을 읽는 이유이다.

자연 과학의 검증은 칼 포퍼의 생각에 기댄다면, 우리 일상에서 일어나는 주의와 주장은 어디에 기댈 것인가? 주의와 주장은 첨예하게 대립하기 때문에 편향된 시각이 문제를 야기한다. 자연 과학과 인문 과학 사이에 놓인 경험 관찰에 대한 인식은 주관적일 수 있기 때문에 항상 문제가 있다. 그러나 보편적 사고와 공감이 개인의 인식 변화를 가져올 수 있고, 이를 통해 문제가 해결될 수 있다.

칼 포퍼는 특히 경험 과학의 방법을 분석하는 것이 과학적 발견의 논리 또는 지식의 논리의 과제라고 천명한다. 경험 과학이란, 귀납적 방법인데, 가령

> 아무리 고니의 사례를 많이 보아왔다고 하더라도 --- 경험 과학
> 모든 고니가 하얗다   --- 결론의 정당화(X)

하얀 고니 한 마리는 사실이다. 다른 고니도 희다는 것도 사실이다. 그래서 고니가 희다는 사실[fact]에 대해 과학적 사실이 아니라는 주장은 흰 고니를 우리가 보았다는 경험적 사실과 모든 고니가 희다는 단정을 할 수 없다는 과학적 사실은 구분된다. 마찬가지로 우리의 사회 생활에 빚어지는 갈등으로 법의 문턱까

지 가야 하는 사건의 경우에 사실과 주장은 다를 수 있다. 2020년부터 한국 사회의 사회적 이슈가 되었던 입시 부정과 부동산 공화국, 화성 연쇄 살인 사건의 경우는 당사자의 입장만 반영되었다면 사실은 밝히기 어려운 것이다. 그런데 또 다른 사실을 바탕으로 주장하는 반대의 입장에서 보면 주장은 타당성을 잃게된다. 그래서 합리적 사실이 반드시 필요하다. 과학적 발견의 논리는 바로 객관적 사실에 근거해 합리적 추론의 결과를 도출해야 한다. 이것이 칼 포퍼가 주장하는 과학적 사고의 논리이다.

어떤 경험은 하나의 사실일 뿐, 보편적 진실은 아니라고 할수 있다. 그리고 하나의 사실이 보편적 진술이 아니기 때문에 끊임없이 경험과 관찰이 지속되어야 하는 이유이다. 이것이 과학 지식으로 가는 통로이다. 기존의 통로와 새로운 통로가 형성될 때마다, 사람들의 놀람과 혁신에 대한 걱정을 새롭게 정의할 때이것을 '쿤의 혁명'이라고 명명한다.(경제 이론에서도 설명할 수없는 상황을 '블랙 스완'이라고 명명함) 인간은 삶의 문제를 해결하려고 노력하고 이를 명명하기를 원한다. 학자들은, 사람들은 아니 나름대로 명명하려는 심리가 있다. 그런데 자연 과학은어느 정도 가능하지만, 소위 일상에서 일어나는 사건에 대한 경험은 도대체 진실(眞實)의 기준은 무엇인가? 진실은 편향된 시각교정과 정의와 연결되기 때문에 우리가 알고자 한다. 정의는 인간이 지향하는 삶의 지표이다.

다음 글은 우리 생활 주변에서 일어난 갈등을 최근 모 방송사에서 보도된 내용이다.

어느 도시 아파트에서 1, 2층 거주자들이 엘리베이터 교체 비용에 대한 갈등을 법원에서 최종 판결을 받았다. 모든 세대가 공평하게 엘리베이터 교체 비용을 지불해야 한다는 A측 주장과 맞서 사용 횟수가 거의 없는 세대인 1, 2층은 지불할 수 없다는 B측의 입장이 갈등을 빚은 것이다. 법원은 최종적으로 B측의 주장에 손을 들어 주었다. 그런데 다른 지역의 아파트에서는 이와 반대의 판결이 나왔다. 즉 1층은 40%, 2층은 60%, 그리고 나머지 세대는 공평하게 100%로 지불해야 한다는 주장이었다. 이유는 엘리베이터 설치 유무에 따라 아파트의 가치가 달라지기 때문에 어느 정도 혜택을 본다는 입장이다. 여기에다 노인정, 어린이 놀이터 등과 같은 아파트 공공시설을 공평(公平)하게 부담하고 있기 때문에, 노인이 없다거나 어린이가 없는 세대에도 아파트 관리비에서 빼야 한다는 문제가 생긴다.

주관적인 결론에 도달한 개인의 주장은 결코 정의일 수 없다. 그래서 공동체 생활에서 정의의 문제를 제기할 수 있다. 과연 어떤 결론이 공동체 정의라고 할 수 있는가?

평범한 일상에서 벌어지는 일들이, 인간의 상상하기조차 힘든 충격적인 사건으로 이어지는 사태까지 이어진다. 보도에 따르면, 택시 기사와 응급 차량의 추돌 사고에서, 응급 환자인 80대 노모의 이송 사건 지연으로 사망에 이르렀다는 내용이다. 교통사고에서 보상 절차를 요구하는 택시 기사와 응급 환자의 생명의 절박함 사이에 무엇이 문제인가? 응급 차량 기사는 환자 이송을 위해 119로 연락하고, 차량 파손에 대한 절차를 논의하자는 입장에서 택시 기사는 환자의 생명 위독성까지 위협하는 언행을 했다고 한다. 이것은 업무 방해, 의료 행위 방해라고 한다.

일상에서 벌어진 사건이 생명과 직결된 정의가 무너지는 것을 볼 수 있다. 도처에 불공정과 인간성까지 사라지는 안타까운 현실이 우리의 모습이 되었다. 이뿐만 아니라 교육 분야에서도 불공정이 사회의 공분을 사고 있다. 소위 학종으로 뽑는 입학 전형은 정보력과 금력에 따라 좌우되는 부정적인 면이 강했다. 이러한 양상은 명문대 진학과 관련한 몇몇 사회 지도층, 지식인 집단에서 이루어졌다. 지식 권력의 세습이라는 기형적인 사회 집단이 형성된 것이다. 그 가운데 조국 사태를 겪으면서 한국 사회는 더욱더 양극화되었고, 4월 15일 제21대 국회의원 선거에서도 양극화 현상은 뚜렷하게 나타나면서 박정희 시대의 영호남 현상까지 다시 극명하게 드러났다. 한국 사회는 이제 한 축은 자신의 주장에만 무게를 싣고, 또 다른 한 축에서는 자신의 주장에만 무게를 두는 현실에서, 결국 이 두 집단은 자신과 집단의 이익에만 몰두하고 있다고밖에는 더 이상 설명할 방법이 없다. 상대에게는 합리적 의심을, 자신에게는 합리적 사고를 가졌다고 하는 집단의 불균형적인 시각이 뿌리 깊게 자리하고 있다.

필자가 집필한 책에서 인용한 내용의 일부이다. 위와 같은 문제 상황을 해결할 방안을 찾아야 한다.

'화성 연쇄 살인 사건'의 용의자 A에 대한 경찰 수사가 첫 사건 발생 34년 만에 마무리됐지만, 경찰의 부실 수사와 이춘재의 공소시효 문제 등이 여전히 논란의 대상이 되고 있다. 이춘재는 당시 경찰의 용의 선상에 세 차례나 올랐으나 증거 불충분을 이유로 수사 대상에서 배제됐고, 결국 진범으로 몰린 윤모 씨는 20년 동안이나 억울한 옥살이를 했다. 1988년 8차 사건 때는 경찰이 이춘재의 음모를 수거해 국과수에 감정 의뢰까지 했지만 '현장음모와 혈액형 및 형태적 소견이 상이하다'라는 결과를 통보 받고 또다시 수사를 접었다. 1989년 초등생 실종 사건과 관련해서도 6차 사건에서 확인된 용의자 족장(255㎜)과 이춘재의 족장(265㎜)이 불일치하다는 이유로 용의 선상에서 배제됐다. 범인으로 몰려 20년 동안 억울한 옥살이를 한 윤모 씨와 그의 가족, 당시 경찰의 무리한 수사로 정신적, 사회적 피해를 본 국민은 누가 보상하는가. 국가적 정의와 양심의 정의가 비과학적 판단으로 무너진 것이다.

홍콩의 정치적인 중국 편입 과정으로 빚어진 미-중 갈등, 한-일 무역 규제에 따른 갈등, 국내 코로나19로 인한 국민의 고통과 여야 정치적 대결과 같은 민감한 문제까지 이해하는 방법은 무엇인가?

사회적 지도층에 있으면서 우리에게 널리 알려진 A는 자신의 은행 계좌를 검찰에서 열람했다고 강하게 주장했지만, 1년이 지난 뒤, 스스로 자신의 주장이 틀렸다고 사과를 했다. 검찰의 B 검사장은 이에 대한 자신의 주장이 옳았음을 법적인 책임으로 묻겠다고 말했다. 우리 시대는 과학적 검증의 시대라고 하면서 합리적 추론이라는 잣대로 교묘한 추론을 하는 경우가 허다하다. 이를 '확증 편향'이라는 명명 하에 질타(叱咤)를 하기도 한다. 늘 자신이 옳았다는 사고가 팽배한 사회 현실에 과학적 검증과 객관적 사실이 통용되는 사회가 형성되어야 한다. 그래야만 사회 전체가 발전한다. 여기에 칼 포퍼의 주장과 쿤의 패러다임의 역할이 있는 것이다. 이 사건은 과학적 근거와 실증주의적 사고가 얼마나 중요한지 절실하게 느끼게 한다. 사회 지도층이 한 말은 사회적, 정서적 파장은 심각해진다. 그렇기 때문에 판단을 위한 엄밀한 과학적 검증에 대한 끝없는 독서와 성찰이 필요하다.

개인과 사회에서 일어나는 각종 사건에서 발생하는 충돌 지점에 해결을 위한 합리적인 절차가 필요하다. 삼각형의 무게 중심은 하나밖에 없다. 삼각형에서 어떤 특정한 점을 찍어 놓고 무게 중심이라고 하면, 결코 받아들이기 어려운 것처럼, 현실의 문제점을 정확하게 파악한 다음, 누구나 받아들일 수 있는 과학적 지식에 기반을 둔 진실을 바탕으로 해결해야 한다.

칼 포퍼는 과학적 지식은 객관적이어야 한다는 데 또한 방점(傍點)을 두고 있다. 우리가 흔히 객관과 주관적인 단어들은 모순(矛盾)되는 용법으로 사용하나, 이는 끝없는 논의의 유산으로 과중한 부담을 주고 있다. 무엇을 '무엇이다'라고 단정(斷定)하는 것은 결코 쉽지 않기 때문이다. 객관적이라는 단어는 과학적 지식이 어느 누구(단 이성을 소유한)에 의해서 검사되고 이해될 수 있으면, 그것이 객관적이라고 단언할 수 있다. 즉 과학적 지식이 우연의 일치가 아니라 규칙성과 재현 가능성(인과성의 원리) 때문에 어떤 누구든 관찰 과정의 결과를 확신할 때를 말한다. 그러나 주관적 경험 또는 확신의 느낌은 어떤 과학적 결과로 단순하게 정당화할 수 없다.

인간의 행동에 대한 객관적인 판단을 하는 심리학자는 심리학 및 다른 과학 이론의 힘을 빌려 행동에 관한 특정한 예측을 연역할 수 있다. 그러나 이런 확신도 실험과 검사의 과정을 거치면서 확증되거나 반박될 수 있다. 이에 대한 칼 포퍼와 쿤에 대한 생각들을 정리해 독자들은 이해할 필요가 있다. 다음 글은 자료 검색을 통해 발췌, 요약했다.

결국 경험적 근거의 문제에 대한 답으로써 분명한 것은 '과학적 지식은 객관적이어야 한다'라는 점을 강조한다. 그래서 과학에는 검사될 수 없는 과학적 지식이란 있을 수 없다. 심지어는 과학 내에 단지 논리적 이유에서 검사가 불가능한 것으로 여겨지기 때문에 체념하여 참으로 받아들여야만 하는 명제가 있다는 견해를 거부한다는 것이 칼 포퍼의 생각이다. 형이상학과 신비주의에서 벗어난 객관적인 과학의 지식을 강조한 칼 포퍼는 과학적 지식은 사심 없는 데이터의 수집에서부터 시작하여 이들 데이터에 대해 설명할 수 있는 가설을 수립하고 가설의 실험적 검증(입증)을 통해 얻어진다는 점을 강조한다. 그러나 흰 고니의 예에서 보듯이 관찰(경험)할 수 있는 경험은 제한적이기 때문에 일반적 원리나 법칙을 유도하는 것은 오류를 범할 수 있다는, 소위 말하는 귀납의 문제가 제기 되었다. 그 예로 가열하면 금속은 팽창한다는 귀납적 방법에 의한 법칙은 가열 시 수축하는 금속이 발견되면서 잘못된 것이 되었다는 사실이 널리 알려져 있다. 그래서 칼 포퍼는 귀납법의 문제점을 해결하기 위한 대안으로 연역법의 방법을 제시한다. 귀납법은 과학 지식의 성립 과정에는 결코 적용되지 않으며, 과학 지식은 절대적이고 확실한 것이 아니고 잠정적이고 가설적이라고 주장하였다. 과학사학자 쿤은 과학이라 불리는 지식이 안고 있는 기본적인 변칙성을 해결하여 그 문제에 대한 새로운 방안과 표준 등을 제시하여 과학계에서 공감하는 전제가 있다는 것이다. 새로운 지식 체계를 만드는 패러다임이 항상 공존해 있다는 주장이다. 이러한 과학적 인식은 인문학뿐만 아니라, 우리 사회에서도 그 미치는 파장이 크기 때문에 그 적용의 범위는 기본적으로 받아들이고 있다. 이제는 각종 연구나 사회에서도 패러다임이라는 용어는 일반화되었다.

제6권

리처드 도킨스의 『이기적 유전자』

과연 이타적(利他的)인 삶을 지향하는가?

다원의 『종(種)의 기원』 이후로 가장 권위 있는 생물학자라고 평가받은 리처드 도킨슨. 그가 쓴 『이기적 유전자』는 인간이 정말 생물학적으로 이기적 유전자를 타고 났는가에 대한 탐구 보고서이다. 인간인 이상 이 탐구 보고서를 읽어야 할 가치가 내재해 있다. 왜냐하면 도덕적으로 비난받을 가능성이 큰 이기적 태도보다는 이타적인 인간으로 지향하는 모습이 더 가치가 있고, 올바른 삶이라고 생각하기 때문이다. 나는 이기적이다. 아니다. 이기적이기까지는 아닌 것 같다. 아님 주변을 보면 이타적(利他的)인 인간이 더 많지 않은가? 이타적인 집단이 하는 일에 나도 함께 활동하기 때문에 이기적이지는 않다는 심리적 위안이 우리를 옥죄는 것은 아닌가? 심리적 위안보다는 생물학적이며 과학적으로 이기적인 유전자를 검증할 필요성이 있다는 점에서

이 책을 읽을 필요가 있다.

사회와 국가와 묶여있는 개인, 개인과 개인 간의 이익에 대한 고민은 자신의 만족을 위한 이기심 혹은 이기심을 이기지 못한 반성과 성찰에 있다. 결국 이기심으로 가득 찬 마음을 정화하면 흐르는 강물같이 덧없음을 깨닫게 된다. 인간은 이 고민에서 또한 쉽게 벗어날 수도 없는 현실이다. 살아가면서 조그만 이익도 나 자신을 빠뜨려 놓고, 고민할 수밖에 없었던 졸렬(拙劣)한 자화상(自畵像).

1억 5천여 만 원 수표 한 장. 80대 여성 노인이 강남 구청에 독거 노인과 여성을 위해 써 달라며 기부한 금액이다. 한사코 신분을 밝히지 않고 홀연히 버스를 타고 사라진 그녀. 2021년 11월 3일 방송 매체에서 일제히 흘러 나왔다. 766억을 카이스트에 기부한 1936년생 여성 사업가 이수영 회장. 1930년대 천재 시인 백석의 연인이었던 김자야 여사는 법정 스님에게 천 억 원을 기부했다. 법정은 길상사를 건립했다. 인간에 대한 이타성, 학문 발전에 대한 이타성, 종교에 대한 이타성은 조그만 이익에 몰두하는 옹졸한 자화상이 아니라 타인을 위한 거대한 자화상.

세상의 번뇌(煩惱)는 이기적 욕망에서 비롯된다. 이기적 욕망 가운데, 가장 무거운 것이 말도 많고 탈도 많은 부동산이지만 이보다 더한 이기적 욕망은 눈으로 볼 수 없고 만질 수도 없는 사랑이다. 요즘 데이트 폭력과 교제 살인이 사회적 현상으로 떠오르고 있다. 인간에 대한 왜곡된 애정의 집착으로 이기적인 종말을 폭력과 살인으로 결말을 맞는 것이다. 대중가요에서도 가장 많이 다루는 주제는 사랑이다. 그만큼 사랑이 인간의 근원과도 밀접한 관련성이 있다. 그리고 물질적인 번뇌(煩惱)의 토대는 소유욕(所有慾)일 것이다. 사랑과 소유욕 모두 이기심(利己心)에서 비롯되는 것이다. 그래서 인간은 타고날 때부터 '이기적(利己的)인가? 이타적(利他的)인가?'라는 이분법적 문제를 해결할 만한 과학적 근거를 『이기적 유전자』는 적절하게 설명하고 있다. 리처드 도킨슨의 『이기적 유전자』와 주요섭의 『사랑 손님과 어머니』를 모 일간지에서 언급한 내용에 필자는 관심을 가지게 되었다. 화제가 되었던 『이기적 유전자』와 관련한 짧은 신문 기사를 좀 더 세밀하게 읽고 싶었다.

1930년대 한국 사회의 여성 심리 문제, 즉 사랑에 대한 고민을 보여 준 주요섭의 『사랑 손님과 어머니』에 등장하는 홀어머니의 사랑 손님에 대한 연정(戀情)이 정말 이기적일까? 사랑 손님이 아빠였음 좋겠다는 옥희의 생각은 또한 이기적인가? 소설에 등장하는 어머니와 딸 옥희의 생각과 행동이 이기적인가? 외로움이란 어쩌면 이기적 사랑 속에 인간의 욕망이 자리하고 있다. 외로움은 인간의 이기적인 행동에서 나오는 것일까? 인간의 생각과 행동, 감정까지 과학적으로 검증이 가능할까? 끝없는 의구심과 판단에 물음표는 항상 자리하고 있다. 옥희 어머니의 처지에서 새로운 삶을 산다고 가정하면, 상황이 달라지고 번뇌는 커진다, 그 상황이란, 밈(meme)과 아이덴티티(자아동일성, Identity)로 설명할 수 있다.

리처드 도킨슨은 『이기적 유전자』에서 인간만이 가진 자유

의지와 문화의 연속성을 명쾌하게 설명하고 있다. 동물은 이기적 유전자를 지니고 있다. 다만 동물인 인간은 맹목적인 유전자의 전제적인 지배에 인간 특유의 문화 속에서 모방의 단위가 될 수 있는 '문화적 전달자'가 존재한다고 주장한다. 이 단위 개념을 '밈(meme = 그리스어 mimeis + 영어 gene)'이라고 명명했다.

에리히 프롬의 『사랑의 기술』에 따르면 관심, 존중, 이해, 책임감과 같은 감정들이 사랑의 증표라고 한다. 이러한 감정들은 사랑 손님과 어머니 사이에서 공유되고 있는 감정들이다. 그러나 어머니는 사랑 손님에 대한 개인적 감정을 억제하면서 옥희에게 '너만 있으면 돼', '새 아빠가 생기면 소위 화냥년의 딸'이 된다는 등의 말 속에, 1930년대까지 우리 사회의 문화적 전달자인 결혼의 관습에서 보면, 재혼을 비도덕적으로 문제시하는 '밈' 현상이라 볼 수 있다. 물론 이러한 '밈' 현상은 시대적인 흐름과 함께 변화된 것 또한 사실이다. 이는 오랜 관습으로부터 형성된 유교적인 '밈' 현상이 굳어져 하나의 기준이 된 시대도 있었다. 이 기준에서 벗어나면 '화냥년'처럼 비난의 대상이 되는 것이다. 그래서 관습에서 요구하는 정절녀의 사회 현상과 동일시하려는 어머니의 태도를 볼 수 있다. 본래 자아(自我)의 모습은 사랑 손님과의 결합을 통한 사랑을 갈구하는 모습인데, 이 본래의 자아 모습보다는 사회적 '밈' 현상과 동일시(同一視)하려는 어머니의 태도를 볼 수 있다.

옥희를 둘러싸고 있는 어머니, 외할머니, 외삼촌은 옥희를 보호하고 사랑하는 이타적인 행동을 보인다. 이러한 행동과 관심을 리처드 도킨슨의 책에서 적절하게 설명할 수 있는 재미있는 내용이 들어있다. 가령 원숭이가 표범으로부터 무리를 지키는 이타적인 행위, 다친 돌고래를 수면 위까지 올리려는 돌고래의 이타적 행위, 어미 닭이 병아리를 위한 모이를 신호로 알리는 행위 등은 모두 이타적인 행위로, 유전자 풀 속에서 유전자를 늘 이기 위한 '플러스 생존기(survival value)'라고 설명하고 있다. 리처드 도킨슨에 따르면, 유전적인 부모와 자식의 친자 관계에서 어미는 아비보다 자식을 확신할 수 있다. 그리고 외할머니는 할아버지보다는 자신의 딸, 그리고 딸의 아이에 대한 이타주의가 강하게 나타난다고 한다. 마찬가지로 외삼촌은 친삼촌에 비해 조카의 행복에 더욱 관심이 있고, 일반적으로 이모도 같은 이타적인 모습을 보인다는 것이다. 『사랑 손님과 어머니』에 등장하는 외할머니, 외삼촌은 이러한 역할을 보여주는 인물이다.

우리 이웃들 가운데에도 자신들의 자녀 외에도 아들을 입양해 잘 키웠다는 언론의 내용을 보면, 인간이 꼭 이기적 유전자만 가진 것이 아닌 이타적 유전자도 또한 타고난 것이다. 봉사와 헌신이 빛나는 삶을 통해서도 이를 확인할 수 있다.

현실에 필요한 물질적 가치는 인간에게 필요한 공동체의 이익을 대변하는 것이다. 1970년대 도시화, 산업화의 문제작, 『난장이가 쏘아올린 작은 공』에 등장하는 난쟁이 가족이 소유하고 싶었던 임대 아파트는 과연 이기적인 탐욕인가? 도시 빈민 공동체가 각기 집 한 채 소유하고자 하는 인간의 욕망이 이기적이라면, 또 이기적 욕망에 대한 정의는 새롭게 정의해야 한다. 부동산 정책을 국가에서 대책(對策)이랍시고 발표할 때마다 갑부들을 양산하게 되고, 빈자들은 소위 기생충의 삶처럼 느끼게 되고, 중산층도 못 올라서는 불균형의 결과를 낳으면서 더욱 심화되고 있다. 비단 1970년대 현실 문제가 아니라 2020년, 지금 여러 번 국가에서 내놓은 부동산 정책은 서울 특정 지역에서는 40%에 가까운 아파트 가격의 폭등과 필자가 거주하는 울산 옥동 지역의 몇몇 아파트 가격 역시 억대 정도가 폭등했다는 소문과 함께 탄식이 파다하다. 원하지는 않았지만 세금만 더 내야 하는 형국이 되었다.

또한 집단 형성이 주는 이점은 포식자에게 먹히는 것을 피하기 위해서이다. 이를 집단 이타주의라고 하여 케이비(cave, 조심하라의 의미) 이론으로 설명하고 있다. 먹이를 노리는 매를 먼저 본 새가 집단에 경계음의 신호를 주어 함께 날아가 피신하도록 하는 예를 들고 있다. 조세희의 『난장이가 쏘아올린 작은 공』에서 난쟁이의 굴뚝 사건은 자신뿐만 아니라 도시 빈민과 함께 진정한 삶의 터전을 찾아야 하는 경계음을 보여주었기 때문에 집단 이타주의를 보여 준 행동이다. 동일한 유전자를 가진 수를 늘리려는 이기적 유전자의 증거를 보여주는 것이다. 이런 행동은 봉사와 희생의 참여 기회를 확대한다는 점에서 가치가 있는 것이다.

정신적 가치와 물질적 가치의 우선 순위를 정하기는 어려우나 동시에 추구하는 방향이 더 현실적이며, 공감을 얻을 수 있지 않느냐라는 생각이 든다. 모 방송국에서 자연 속에 살아가는 사람들의 모습에는 미니멀한 삶을 지향하며 비움의 삶에 만족하는 인물들을 볼 수 있다. 정신과 물질이 분리될 수 없는 것인가? 최근 불거진 일제강점기의 위안부와 관련된 정신연대의 사건은 일제강점기 시대에 노예로 희생당한 여성의 정신적인 피해를 치유하고, 그들의 생활을 돕기 위해 정의연대를 설립하여 이타적인 목표를 향했지만, 결국은 특정인의 이기적 욕망이 덧붙여진 행동으로 볼 여지가 많다는 주장이 방송과 법정에서 노출되고 있는 현실이다. 봉사와 희생을 자처하는 인간은 이타심 속의 이기심이 자리하고 있는지 경계해야 한다. 균형추가 작동하는 인간의 심리는 없는 것일까? 균형추가 사라지는 순간, 기본적인 인간의 물질 추구 욕망과 인간이 지켜야 할 순수한 정신 세계마저 훼손(毁損)되는 것이다.

세상 시끄러울 때, 소위 번뇌(煩惱)에 놓였을 때, 보통 인간들은 종교에 의탁하여 마음을 다스린다. 제주도 앞바다를 바라보며 가난한 노인들을 도왔던 종교인이면서 수필가인 법정 스님. 입적 후, 아무도 나를 찾지 말라고 유언하셨던 법정. 그 법정 스님의 『무소유』의 삶이 이기적인가? 법정 스님의 『무소유』에 담겨 있는 '난초'에 대한 의미 해석을 할 때, 이타적 수행 태도인가? 자신이 귀하게 여긴 난초를 친구에게 선물을 주어 자신의 괴로움을 친구에게 보낸 것이 아닌가 하는 생각이 들기 때문이다. 자신의 무소유와 수행을 위한 난초 선물, 그 친구는 과연 난초를 전문적으로 잘 기르고 있는지에 대한 생각도 잠깐 들기도 한다.

끝없이 자신을 되돌아보아야 한다. 또 인간이기 때문에 되돌아보아야 한다. 그래서 성찰이다. 인간은 이기적인가? 현실을 살아가면서 지금 나의 행동이 과연 무엇을 추구하는가? 나의 개인적 행동은 타인과의 관계 속에서 존경과 이타심(利他心)의 발현으로 칭송(稱頌)될 수 있으나, 자칫하면 그 행동이 비난의 극에 달할 수 있다는 두려움을 가져야 하기 때문이다. 행동은 생각에서 나온다. 그 생각이란 세련미가 갖추어지면 사고가 된다. 그 사고의 근원에는 인간만이 가지는 고유한 이기심이 작동하는 것이 아닌가? 이기심을 넘어 인간이 지향할 수 있는 이타심으로 가는 열차는 없는 것일까?

리처드 도킨슨의 '밈' 현상이 오늘날 긍정과 부정의 두 측면이 있다면, 긍정적인 '밈'은 올바른 교육과 문화 형성을 통해 다음 유전자로 이어지는 방향으로 진행하면 우리 사회는 이상적 가치를 실현하는 방향으로 나아갈 것이다.

 독생자가 권하는 고전(古典)

1. 새뮤얼 헌팅턴, 『문화가 중요하다』
2. 새뮤얼 헌팅턴, 『문명의 충돌』

제7권

버트런드 러셀의 『철학이란 무엇인가』

사고의 빛깔을 규명하다

사람들은 현안 문제에 대한 비판은 누구나 쉽게 한다고 한다. 다만 비판한 문제에 대한 해결책을 제안하지 못한다는 점 때문에 또 다른 비판을 받는다. 버트런드 러셀(1872~1970)은 『철학이란 무엇인가』에서 '오직 부정적이기만 한 비판은 적합하지 않다.'라고 했다. 그래서 긍정적이고 건설적으로 말할 수 있다고 생각되는 철학의 문제만 다루고, 형이상학보다는 인식론에 무게를 두어야 한다고 주장한다. 문제에 대한 합리적인 비판과 대안을 인식론에 대한 접근을 강조한다. 세계의 궁극적인 근거를 연구하는 형이상학보다는 지식의 기원, 구조를 탐구하는 인식론에 근거한다는 것이 그가 대하는 철학적 입장이다. 형이상학과 함께 인지의 근거로 경험을 중시하는 인식론을 바탕에 두지만, 흔히들 경험에 따른 상대주의로 흐르는 맹점이 인식론에 존재한다는 점을 상기하지 않으면 안 된다.

버트런드 러셀의 철학적 탐색의 결과는 확실한 지식의 탐구와 인간 삶에 대한 관심으로 모인다. 그의 이러한 생각을 보여주는 책의 목차를 보면, 현상과 실재, 관념론, 진리와 허위, 철학의 가치에 드러나 있다. 사실 철학, 철학은 그 개념에만 집착(執着)하게 하는 무거운 단어이다. 그러나 철학이라는 카테고리에서 지식과 삶에 대한 내용을 풀어내는 과정을 이 책은 쉽게 설명했기 때문에 독자를 배려한 저술이기도 하다는 생각이 든다.

'이치를 아는 사람이라면 누구나 의심할 수 없을 만큼 확실한 지식이 세상에 있는가'라는 물음으로부터 철학의 문을 열고 있다. 확실한 지식이 있다면 지식은 더 이상 발전이 없을 것이다. 왜냐하면 지식이 발전하려면 의심이 있어야 하고 누구나 의심이 있어야 한다. 다만 이치를 아는 사람이라는 전제가 있어야 한다. 그렇다면 이치를 아는 사람이 되려는 노력이 필요하다. 칼 포퍼가 언급한 객관주의와 맞닿아 있는 것이다. 끊임없이 과학적 검증의 결과를 통해서만이 지식의 가치가 존재함을 공유해야 한다. 이러한 전제는 현실과 존재에 대한 의심과 함께 독서를 끊임없이 하는 '독·생·자'가 되어야 한다.

'한 개의 책상(현상)'을 보면 빛이 반사하는 부분에 따라 각기 다르게 보인다. 보는 것이 보는 것이냐?라는 역설적인 공안(公案)이 생긴다. 그러나 '이 책상은 무엇인가?'라는 공안에 대한 답을 찾는 것이 실재(實在)이다. 실재는 대상의 본질이다. 본질은 실재의 근본이다. 이를 찾는 것이 철학이라면 사유에서 비롯

된다고 할 때, '책상'은 '존재하는 이유'를 찾는 곳이라고 말하고 싶다. 어떤 철학자들은 '실재하는 책상'은 신의 정신 속에 있는 어떤 '관념'이라고 주장한다. 역으로 말하면 정신과 관념을 제외하는 실재하는 대상은 있을 수도 없다는 의미이기도 하다(관념론). 즉 우리가 직접 보고 느끼는 것이 현상이며, 이 현상의 배후에 있는 어떤 실재의 기호가 정신이며 관념이라고 정리할 수 있다. 현상과 실재라는 철학적 무게는 일상에 늘 머물렀던 개념이다. 이에 대한 명확한 개념 설명만으로도 귀가 기울어진다. 왜냐하면 쉬운 듯 쉽지 않기 때문이다. 그래서 이 책에서 공감을 표할 수밖에 없다는 몇 구절이 있다.

> 철학에는 우리가 바라고 있는 많은 문제에 대답할 힘은 없다 하더라도, 적어도 세상 사람들의 관심을 증진하고 일상 생활의 가장 평범한 일도 그 표피(表皮) 밑에는 기이함과 불가사의가 가로놓여 있음을 보여주는 문제를 물을 수 있는 힘은 있다.(20쪽)

철학의 출발은 인간의 본질에 대한 규명에 있다. 레즐리 스티븐은 『인간의 본질에 관한 일곱 가지 이론』(임철규 역)에서 철인 정치의 관점(플라톤), 구세주(기독교), 공산주의(마르크스), 정신분석(프로이트), 무신론적 실존주의(사르트르), 행동 조건(스키너), 타고난 공격성(로렌츠)과 같은 인간의 본질을 규명하는 탐구의 결과를 내놓았다. 그런데도 인간에 대한 철학적인 규명은 모호하다고 할 수밖에 없다. 그래서 철학적 탐구는 다양한 형태로 길을 모색하고 있다. 특히 자아에 대한 철학적 탐구는 근본적인 문제이다. 자신은 누구인가? 모든 인간의 삶의 철길에서 만나야만 하는 화두(話頭)다. 점차 개인화되어 가는 현실에 자신의 모습은 어디에 있는가에 대한 회의감에서 벗어날 수가 없다. 이러한 고민을 던진 실존주의 철학자, 소설가인 카프카의 『변신』을 통해, 시대의 망원경 속에 비친 인간의 원초적인 자아의 모습을 우리들은 들여다보았다.

100세를 넘긴 노년의 철학자 김형석 교수를 철학적 담론으로 다가간 사람들은 드물 것이라는 생각이 앞선다. 오히려 그의 건강 이력에 놀라는 모습으로 기억되는 경우가 많은 것이다. 그러나 김형석 교수는 자유당 정권의 독재와 군사 정권의 탄압을 극복하고 민주 정치의 기반인 법치 국가를 건설했다는 명확한 역사 인식의 바탕 위에 오늘의 정치는 나라가 병들었는데 잘못을 인정하는 사람이 없다는 냉철한 평가를 했다. 생각이 멈추는 시기에도 끝없이 글을 쓰고 깨어있는 생각을 정리하는 철학자의 모습은 그 자체가 철학이라고 명명할 수 있을 것이다. 철학이란 자아가 속한 사회 현실을 자각하는 데서 출발한다. 그리고 미래로 나아가기 위한 현실에 참여해야 한다는 참여주의적 성격을 담고 있다. 매체의 소비재 광고 중에는 단연 건강과 미용이 시간마다 채우고 있다. 그러나 그의 삶에서 묻어온 삶의 철학만큼이나 그의 철학적 담론은 학문적 고뇌, 즉 독서에서 오는 힘을 되새겨 보아야 할 부분이 있다. 그의 철학이 삶의 경험과 독서에서 왔다는 점을 주목할 필요가 있다. 단순한 건강만 챙긴다면 그는 건강 TV 프로그램에 출연해도 이슈는 점할 수 있다. 그러나 그에게는 철학의 힘이 내재하여 독자, 시청자들에게 쉽게 다가가기 때문에 귀를 기울이는 것이다. 뭐 특별할 것도 내세울 것도 없는 자신의 삶을 되돌아보기보다는, 지금 무엇을 해야 하나라는 끊임없는 성찰에서 새벽 별을 보고 있지만, 새벽 별은 사라지고 답이 보이지 않는다. 답을 본다는 사회의 난맥상을 짚는다는 의미이다. 난맥상의 사유는 철학의 현실성이다. 현실에 대한 철학이 곧 개인이 처한 상황에 시대와의 연관성에 놓인다는 점에서 출발한다.

2020년, 방송 매체를 장악했던 유명 가수, 연예인과 정치인의 표절 학위와 왜곡된 정치 현실에 대해, 나훈아는 '세상이 왜이래, 왜 이리 힘들어!'라는 노랫말을 통해 가슴속이 저리도록 절규하는 노래를 불렀다. 노랫말은 국민의 고통을 헤아리지 못하는 각계각층 지도자와 권력층에게 비명을 지른 것이다. 코로나19와 스피디한 욕망, 부부들이 해외 골프를 위해 탑승 시간 때문에 심장마비의 택배 기사를 외면하면서 발생한 사망 사건과 정치와 검찰의 정쟁 등등. 국내 문제뿐만 아니라 남북 해수부 공무원의 사살 사건, 미군 주둔 등등 일일이 개인이 해결할 수 없는 문제에 봉착해 있다. 그래서 불평등한 사회를 개선하고 정의로운 사회를 구현하기 위한 문제 해결의 노력으로 협력적 의사소통을 통해 해결 가능성을 모색(摸索)해야 한다. 그래서 개개인이 해결의 가능성에 동의하는 철학적 고민이 있어야 한다.

30년 된 부부 사이에도 10분 이야기 속에서 열 번은 싸운다는 농담이 있듯이, 남편이 부인이 서로 설득하지 못한다는 이야기가 빈번하다. 허허…라고 슬픔에 쌓인 희극이라고 할 수 있다. 굳이, 난, 무엇을 할까? 어떻게 할까? 그래서 점점 스스로 자신을 되돌아보게 된다. 남자, 지식인, 소시민, 노동자, 혹은 개나 돼지, 붕어, 미꾸라지 등등인가? 이처럼 오직 부정적이지만 한 현실에 대한 해결책으로 철학과 접점에 있는 종교, 그 종교인 참된 언행을 따라간다면 흔들리는 자신의 삶을 잡아줄 수 있을 것이다.

법정 스님의 『무소유』, 혜민 스님의 『멈추면 비로소 보이는 것들』, 이 두 책이 가진 사회적 파장은 긍정적 가치가 있었다. 그 가치의 무게는 법정과 혜민 스님이 쓴 글의 내용이기 때문이다. 법정은 자신이 고귀하게 아끼는 난초를 버릴 때, 난초의 신비감과 아름다움을 소유하고 싶은 마음을 버릴 때 소유, 욕망에 대한 번뇌를 끊을 수 있다는 '무소유'을 말하고 있다. 혜민은 부처의 눈에는 부처만 보이고, 돼지 눈에는 돼지만 보인다는 말에는 세상을 보는 내 마음의 눈이 어떤 상태이냐에 따라 마음 그대로 세상에 보인다는 말을 하고 있다. 소유의 대상인 난초, 대상을 대하는 인식에 따라 달라지는 마음의 번뇌를 짚었다. 해결책은 바로 마음이며, 그 마음을 철학적인 탐구 자세 혹은 종교적인 삶에서 찾는다. 병든 마음에 관한 병리학적 치료보다는 마음의 고통인 번뇌는 철학이나 종교에 그 해결책이 있다. 1940년대 명문장가인 이태준의 『무서록』은 당시 쌀 한 가마니를 주어도 구하기 힘든 책이었다. 『무소유』와 곁들여 읽으면 좋은 책이라 언급한다.

작가가 어떤 내용의 글을 썼는가가 책의 가치를 결정한다.

그런데 작가의 일상적인 삶의 행동이 자신의 쓴 글의 방향과 다르다면 어떤가? 작가와 작품의 전기적 영향을 바라보는 시각은 문학 연구의 내부에 항상 도사리는 문제이기도 하다. 작품 자체만으로 이해할 것인가 아니면 작품과 밀접한 작가와의 관계로 볼 것인가는 독자의 문제이다. 법정의 『무소유』는 대중에게 던진 삶의 깃대로 높이 솟았는데, 여기서 혜민이 쓴 『멈추면 비로소 보이는 것들』은 소위 '풀(full) 소유'라고 비판했던 푸른 눈의 수행자 현각 스님의 논쟁이 종교계의 한쪽에서 바람이 불고 있다. 무소유가 아니라 풀 소유한다는 비난을 받은 혜민은 뉴욕 아파트와 한강 뷰의 주택을 소유했다는 점이다. 혜민의 행동은 소유의 범주를 벗어난 종교적인 삶의 파문을 일으킨 원인이다. 라틴어뿐만 아니라 그리스, 로마 시대 문화 등을 아우르는 『라틴어 수업』으로 2017년 35만 부 이상 팔렸던 베스트셀러 작가 한동일 바티칸 대법원 변호사는 21년 만에 평신도 신분으로 돌아와 "공부는 신이 인간에게 준 악보(사명)를 찾아가는 과정"이며, "공부를 통해 자신의 진짜 모습을 찾아가는 노력을 해야 비로소 악보와 악기를 모두 찾을 수 있다."라고 인터뷰에서 밝혔다. 종교인의 글쓰기는 수행의 한 방법이다. 구도자인 종교인에게 어떤 것을 소유하느냐 소유하지 않느냐는 중요한 문제이다. 남아프리카 공화국의 만델라와 함께 인종차별 철폐를 이끈 남아공 성공회의 데즈먼드 투투 주교가 2021년 선종했다. 그가 생각나는 이유는 무엇일까?

종교적인 삶의 고뇌는 결국 인간의 삶을 어떻게 사는가에 대한 철학의 문제와 접점을 이루게 된다. 필자는 철학에는 세상을 바라보는 '기이함'과 '불가사의(不可思議)'의 문제를 물을 수 있는 힘이 있다는 점을 해석하고 싶다. 왜냐하면 철학이 가지는 무게만큼 삶의 무게가 무겁기 때문에 쉽게 답을 찾을 수 없다. 그런데 철학적 담론이 가지는 무게에는 '기이함'과 '불가사의'가 여전히 근본적인 삶의 무게를 가지고 있다는 점이다.

　'보는 것이 보는 것은 아니다.'라는 경구 속에는 '실재하는 공간은 공통적인 것이고, 곁에 나타나 있는 공간은 지각하는 사람에게 속하는 개인적인 것'(35쪽)이라는 어구와 연결해 볼 필요가 있다. 가령 동전은 둥근 원형인데, 보는 이에 따라서는 타원형으로 보이거나 심지어 점으로 이어진 선의 모양인 일자(一字)로 보일 수도 있기 때문이다. 우주는 아직도 불가사의한 세계다. 불가사의한 우주를 과학적으로 탐구하려 했던 아인슈타인은 부처의 광활한 눈으로 들여다보았다. 종교와 과학의 접점에는 철학의 탐구심이 출발점이다. 탐구심은 우주의 기이함과 불가사의의 철학과 객관적 증명이 필요한 과학의 세계가 맞닿아 있는 것이다. 인류가 25년에 걸쳐 완성한 제임스 웹 우주 망원경으로 138억 년 전 우주 대폭발(빅뱅)의 광활한 세계를 관측할 시대가 열렸다. 우주 망원경으로 우주를 보는 것[관찰하는 것]이지만 인간의 본질을 들여다보는 관찰 망원경이 존재하지 않기 때문에 끝없이 철학적 탐구가 이어져야 하는 이유이다.

제3부

일상의 코드화

- ◇ ◆ ◆ ◆ ◇ -

　상대방과의 대화에서 공감을 얻기 위한 수단으로 전문적인 식견을 활용하거나 경험담으로 이어지는 속담을 언급하기도 한다. 그리고 일상에서 일어나는 잡다한 일에는 세상에서 유명한 인물의 말이나 글을 인용해 이야기하기도 한다. 20살이 넘으면 사람의 생각과 행동은 변화하기 어렵다고들 한다. 어떤 결정과 행동을 해야 하는 상황에서 주변을 보면 쉽게 공감이 가기도 한다. '자장면이냐 우동이냐'와 같은 점심 메뉴 선택 상황에서 사람들의 의견이 일치하지 않을 경우가 허다하다. 과연 그렇다고 '결정의 어려움이 있다고도 단언할 수 있을까'라는 생각이 드는 이유는 자연스러울 것 같다. 그래서 인간의 행동에 대한 궁금증에 대한 정답은 아니더라도 이해를 하고 싶다는 생각이 들 때 인간의 심리학적 접근을 설명한 『설득의 심리학』이 필요하다.

　우리의 프라이버시가 정부, 사법기관, 기업, 언론 등에 의한 개개인의 사생활과 개인 정보의 침해로 위협받는다고 생각한다는 문제를 홍정욱은 짚었다. 스팸 메일을 끝없이 지워야 하는 짜증을 경험한 우리는 이미 개인 정보가 노출되었다는 증거를 확인해도 무력할 수밖에 없는 현실이다. 뿐만 아니라 사회의 악으로부터 진실을 구하려는 공익 제보자들의 개인 정보의 노출로 심각한 폐해(弊害)를 경험하게 된다. 이처럼 일상에서 벌어지는 삶의 혼란상을 정리하여 코드화하는 책들이 쉽게 읽히는 이유이기도 하다. 일상의 생활에서 벌어지는 문제점을 간과(看過)하기 쉬운 지점을 지식이나 연구자들이 공감하는 말로 개념화했기 때문에 쉽게 읽히기도 한다.

복잡한 사회를 하나의 트렌드로 정리한 『트렌드 코리아』는 김난도와 다수 연구자의 노력의 결과물이다. 2008년 출간된 스터디셀러로 자리 잡고 있다. 복잡한 한국 사회를 트렌드로 이해하는 데 도움이 된다는 점을 부인할 수 없다. 시대마다 공감할 수 있는 한국 사회의 현상을 파악하여 개념화된 용어로 정리한 도서이다. 트렌드를 전망하는 책이 인기를 끄는 요인으로 불확실성과 생존을 지적하고 있다. 코로나19 팬데믹 현상이 사회의 복잡성에 대한 예측 심리가 작용한다고 볼 수 있다. 이 외에도 일상에서 일어나는 현상을 외국 연구자의 논의를 접목한 세상 읽기도 도움이 된다. 한국 사회 현상도 글로벌 사회의 카테고리에 속한다는 전제에서 출발한다.

인터넷이나 휴대폰을 통해 합성어 플랫폼을 검색하면, 'flat'는 구축된 땅, (화단에 쓰는) 작은 땅의 의미이며, 'form'은 그 무엇을 드러내는 방식(혹은 형태)으로 찾아 정리할 수 있다. 친구, 가족, 각종 모임 등등은 카톡으로 소통하고, 집 앞에 놓인 쿠팡 포장 박스를 찾으며 일상을 보낸다. 어떤 학자는 우리의 일상을 '플랫폼노믹스'라고 명명하고 있다. 인간 사회의 행동 패턴에 일정한 코드를 정의한 책들은 독자의 지적 욕구를 한번에 충족할 수 있기 때문에 독자들의 배려에서 출발했다는 생각이 든다.

제8권

로버트 차일드니의 『설득의 심리학』

고정행동유형(fixed action pattern), 자신의 판단은 흔들리지 않는가?

　'나는 나의 행동과 생각이 확고하다.'라고 하면서 살아왔다. 이 말은 보통 사람들이 다른 사람들에게 자신을 근사하게 혹은 멋있게 표현할 때 아포리즘(Aphorism)이자 경구(警句)이기도 하다. 물론 대부분 사람들의 생활의 모토이기도 하다. 남의 의견을 존중한다지만 자기 생각을 기저에 놓고 한 행동의 결과로 타인의 생각을 수용하기는 어렵다고들 한다. 타인에 대한 수용이 어렵다는 말이 과연 그럴까?'라는 의문의 주머니를 여는 순간, 물음에 대한 타당한 답이 있어야 한다. 결코 자신만의 고집이 옳다는 생각에 변화를 줄 것이라는 확신에 대한 답은 애리조나 주립대학의 심리학과 석좌 교수인 로버트 차일드니의 『설득의 심리학』에서 찾을 수 있다. 이 책에서는 아주 흥미로운 이야기가 담겨 있어 귀가 쫑긋하다고 할 만하다.

다른 사람의 승낙을 끌어낼 수 있는 방법은 무엇일까? 과연 어떤 기술들이 가장 효과적일까? 왜 이런 요구 사항은 거절당하고, 똑같은 요구 사항인데도 다른 식으로 부탁했을 때는 성공하는 것일까? 이런 궁금증들을 사회심리학자로서 설득의 기술을 정리한 책이다. 즉 1. 상호성의 법칙, 2. 일관성의 법칙, 3. 사회적 증거의 법칙, 4. 호감의 법칙, 5. 권위의 법칙, 6. 희귀성의 법칙 등이다. 이 법칙들이 적용되는 상품 구매, 기부금, 투표, 양보 및 승낙에 대한 요구에 강력한 영향력이 끼치는 결과를 법칙으로 정리한 것이다. 현실적인 응용 가치를 가진 이론이 이 책의 가치이다. 이 책을 읽고도 자기 생각과 행동이 변화하지 않을 것이라는 확신이 있는지 궁금하기도 하다. 독자들의 공감과 행동에 대한 생각을 돌아 볼 기회를 가질 수 있다는 점에서 간략히 정리했다.

이 책의 장점은 일상 생활에서 벌어지는 자신의 결정에 대한 사회심리학적 설명을 독자들이 받아들일 수 있는 상황을 공감하게 된다는 것이다. 고개를 끄덕끄덕하게 된다는 사실이다. 가령, 인디언 보석 가게에서 팔리지 않던 값싼 터키옥을 지배인이 종업원에게 반값에 팔아치우라는 메모를 남기고 출장을 간 사이, 메모를 잘못 읽고 2배나 비싸게 받았는데, 3일 만에 모두 팔렸다는 것이다.

이러한 일을 고정유형행동으로 설명하고, 이러한 예를 칠면조에서 볼 수 있다는 것이다. 어미 칠면조는 자식 사랑법이 매우 특이하다. 새끼 칠면조의 냄새, 신체 접촉, 생김새보다는 오직 '칩칩' 소리가 있어야만 자기 새끼를 돌보기 시작한다. 어미 칠면조와 족제비는 천적 관계인데, 박제된 족제비를 실에 매달아 놓은 뒤, '칩칩' 소리를 내자, 우호적으로 접근하면서 심지어 품기까지 하는데, 녹음기를 끄자 바로 박제 족제비를 공격한다. 어떤 복잡한 상황에서도 일정한 행동이 활성화되는데, 이를 '고정행동유형(fixed - action pattern)'이라고 한다. 이러한 행동을 유발하는 요인을 '유발 기제'라고 한다. 인디언 가게의 터키옥 고가 매진은 일정한 유발 기제에 대한 고정행동유형으로 설명이 되는 것이다. 즉 부유한 관광객들은 갑작스럽게 가격이 상승한 터키옥에 '비싼 것 = 품질이 좋은 것'이라는 고정관념이 작용했기 때문이다. 고정유형행동이다.

여성들 사이에서 고급 브랜드로 통용되는 프랑스의 명품 브랜드 샤넬 클래식 백 스몰 가격이 893만 원에서 1,052만 원으로 17.8% 올랐다. 물론 미디엄과 라지는 15% 정도 인상되었다. 2021년 한 해에 4번 가격을 올렸지만 품귀 현상으로 백화점에 줄을 섰다고 한다. 코로나19로 인한 고가 프리미엄 상품에 대한 보복 소비 심리가 작동한 것이라고 언론은 분석하고 있다. '비싼 것 = 품질이 좋은 것'이라는 등식을 설명할 수 있다.

어떤 상황에 따른 문제 해결 방식이 결국은 고정관념이나 경험과 학습으로 빠르게 결정된다. 고정관념이나 경험과 학습의 중요성이 새삼 절실함을 알기 때문에 어떤 상황이든 문제이든 간에 바람직한 방향으로 가야 하는 것이다. 이런 것들이 부족하면 소위 '결정 장애'가 생긴다. 그래서 자기 생각보다는 문제를 빠르게 해결하려고, '야 전문가의 이야기잖아!'라는 권위의 법칙으로 해결책을 제시하게 된다.

암컷 개똥벌레가 자신의 먹이인 수컷 개똥벌레를 유혹(誘惑)할 때, 교미 신호를 보내어 유발 기제를 활용해 잡아먹는다고 한다. 곤충들은 이처럼 자동화된 행동의 약점을 이용해 자신의 목적을 달성한다. 돌아가서 이야기하면, '비싼 것 = 품질이 좋은 것'이라는 우리들의 고정관념을 이용한다는 것이고, 이 또한 판매가 저조할 때는 이 제품이 얼마인데 지금 얼마에 판매한다는 꼬리표를 붙여 비싼 것을 선호하는 소비자들의 행동을 결정하도록 유도한다. 아마도 우리가 가게를 방문한 경험이 있다면 공감할 수 있다. 먼저 비싼 양복을 산 사람이 먼저 사지 않은 고객들보다 양복에 어울리는 액세서리(셔츠, 신발, 벨트 등)를 가볍게 산다는 것이다. 그래서 비싼 옷을 백화점 고객들에게 권유하는 것이다. 이는 자동차 판매에서도 대조 효과가 발생한다. 자동차 계약이 끝나자마자 바로 안전 유리, 수입 타이어 등과 같은 옵션에 대해 설명한다는 것에서도 대조의 효과를 확인해 볼 수 있다. 조삼모사(朝三暮四) 효과라고나 할까?

우리 일상에서 일어나는 상황이나 선택에 대해 쉽게 고개를 끄덕이게 하는 이 책을 손에서 놓지 못하는 이유가 위에서 설명한 것처럼 독자들에게 묘한 설득력을 가지고 있다. 그래서 이 책에서 언급하는 몇 가지 법칙들을 정리해 볼 작정이다.

서로 주고받기의 심리에 근거한 '상호성의 법칙'은 상대방에게 마음의 빚을 지게 하여 자신이 의도하는 목적에 부합하는 것을 돌려받기의 전략이다. 이를 설명하는 예를 하나 들고 있다.

1985년 에티오피아는 수년 간의 내전과 가뭄에 시달린 현실의 궁핍상을 세계에 알렸다. 그런데 지진이 난 멕시코에 5,000달러의 구호 자금을 에티오피아가 지원했다. 상당히 놀랄 수밖에 없다. 그런데 이는 상호성의 법칙으로 보면 금방 이해가 맞아진다. 멕시코는 1935년 에티오피아가 이탈리아를 침공하자 원조를 보낸 적이 있었기 때문이다. 이와 반대의 경우는 방문 판매와 같은 서비스를 통해 알 수 있다. 순수한 의미의 서비스나 봉사 활동도 있으나, 이를 잘못 읽고 마음의 상처를 받는 경우도 있기 때문에 자신의 판단과 마음 자세도 매우 중요하다.

심리적으로 일관성을 유지해야 한다는 '일관성의 법칙'은 강박 관념에서 볼 수 있다. 우리가 어떤 결정을 하게 되면 그 결정을 고수하려는 것이 마땅하다고 생각한다. 가령 이 문제에 대한 결정에 필요한 정보 수집이나 힘들게 자료 분석이나 판단을 할 필요가 없다는 장점이 있다. 그러나 스스로 일관성을 유지하기 위해 문제가 발생하더라도 일관성 있는 사람처럼 보이거나 매우 훌륭한 사람으로 보이기 위해 일관성을 유지하려는 경향이 있다는 것이다. 어떤 결정에 개입(COMMITMENT, 약속, 책무)해서 사람의 행동을 변화시킬 수 있다. 가령 암 환자를 위해 시간 봉사를 부탁한다면 대부분 사람들은 거절하기보다는 응답하는 경향이 많다.

다수의 영향력에 의존하는 '사회적 증거의 법칙'에는 우리 생활 주변에서 흔히 목격되는 현상이다. 특히 TV 프로그램에서 나오는 가짜 웃음의 경우이다. 가짜 웃음인 줄 알면서도 계속해서 반복하고 반응하도록 해서 다음 방송 프로그램에서는 '이때가 바로 웃어야 하는 때이구나'라고 반응하도록 한다는 것이다. 새끼 칠면조의 '칩칩' 소리에 반응하는 어미 칠면조와 같은 현상이다. 광고 카피에서 '가장 많이 팔린 제품'이라는 문구를 통해 많은 사람들이 구입하도록 하는 사회적 증거의 법칙이 적용되는 것이다.

유사성 등과 같은 어떤 조건 때문에 발생하는 '호감의 법칙'은 유명인들의 광고에서 흔히 볼 수 있다. 기네스북에 올라있는 세계 최고의 자동차 판매왕으로 불린 사람의 영업 비밀은 두 가지 원리라고 한다. 하나는 고객은 정당한 가격을 원한다고 한다. 그리고 고객이 원하는 차를 고객이 구입하기 원한다는 것이다. 요즘 광고에 열풍인 트로트 가수인 송가인과 임영웅과 같은 인기 연예인의 광고 홍보 효과가 큰 것도 이 이유이다. 이 두 가수의 사회적 관심도는 천만 명 이상으로 나타났다. 이들의 호감도는 직접 제품과 관련성이 높다는 것에서 설명할 수 있다.

맹목적인 복종에 근거한 '권위의 법칙'은 명함이나 고급 승용차에서 그 증거를 볼 수 있다. 인간의 사회 조직은 권위에 대한 복종의 법칙이 지배하고 있다. 부모의 교육, 학교 교육 그리고 법률적, 정치적 제도 등을 통해 반복적으로 복종하고 충성하는 것은 정당한 권위에 복종하는 것이다. 부모 교육에서 채찍과 당근, 사회적 징벌과 미담으로 경험하게 된다. 그래서 사람들은 권위의 힘을 알기 때문에 명함에 자신의 권위를 적는 것이다. 특히 의사들의 절대적 권위가 부당하다는 이의 제기가 결코 쉽지 않다.

원숭이 대장이 먹은 밀가루 음식은 그를 따르는 원숭이들이 불과 4시간 만에 모두 섭취를 하지만, 새끼 원숭이나 일부 원숭이에게 캐러멜을 먹였을 때는 1년 6개월이 지나서야 겨우 무리 중에 절반이 섭취를 한다는 것으로 보아 권위의 법칙 적용에 쉽게 공감할 수 있다.

말 그대로 희귀성의 가치를 근거로 적용되는 '희귀성(稀貴性)의 법칙'은, 물건 판매에 있어 자주 애용되는 '한정 판매-이제 얼마 남지 않았습니다.'라는 문구에서 제품의 가치를 부여하기 때문에 희소성의 가치는 적용된다. 판매 광고 방송 시간에 한정 판매와 마감 시간 종료를 통해 소비자들의 주문이 폭주하는 심리를 이용한 것이다.

2009년에 출판된 '넛지'의 열풍이 불었다. 어떤 선택 결정에 주체적으로 하지만, 여기에 합리적인 선택을 하도록 유도하는 것을 '넛지'라고 한다. 선택 설계자는 사람들이 결정을 내리는 배경이 되는 '정황이나 맥락'을 만드는 사람이다.

네덜란드 암스테르담에 있는 공항 화장실의 남자 소변기에 그려진 검정파리에 소변을 맞추게 하여, 소변기 밖으로 넘치지 않도록 하는 방법을 고안하였다. 그러니 80% 정도의 소변량이 줄었다고 한다. 화장실을 다녀온 남성들과 피아노 건반의 계단을 오르내린 적이 있다면 쉽게 동의할 수 있다. 그래서 우리들의 일상에서 긍정적인 효과를 발생하도록 선택적 설계를 할 필요가 있다. 생활을 더욱 윤택하게 하기 위해 우리는 선택적 설계자가 될 필요가 있다. 서비스 판매는 세일즈맨 선택 설계자이고, 부모 교육에서도 선택 설계자가 되어야 한다. 특히 한곳으로 집중해서 사용자의 주의력을 어떤 특정한 방향으로 가도록 힘을 발휘하는 선택 설계자가 되어야 한다.

그렇다면 『설득의 심리학』은 인간의 심리적인 동인의 보편성을 통해 공감을 얻었지만, 『트렌드 코리아』 시리즈는 심리적 보편성보다는 소비 패턴에 나타나는 개별성, 특수성을 코드화하여 명명하면서 2021년에 상당한 판매고를 올리고 있다. '통상적인 미의 기준, 사회의 다수 혹은 주류가 인정하는 소비의 기준이 차츰 소비자 개개인의 취향을 반영하는 방향으로 변화되고 있다. 오로지 자신의 기준으로만 세계를 형성하는 '나나랜드'를 정리하고 있다. 세계적인 패션 디자이너 키코 코스타디노브는 정장 바지에 등산복 차림 상의의 '아재 패션'을 동묘에서 찾고, 이를 '스포티함과 캐주얼의 경계를 넘는 과감한 믹스 매치'라고 극찬했다. 아재 패션에 미쳐야만 진정한 아재 패션의 선구자가 아닌가. '나나랜드'도 결국은 한국 사회의 심리적 현상으로 자리 잡았다는 점에서 모순적이지만 다수가 공감하게 되는 설득의 심리학의 한 꼭지로 자리 잡았다고 볼 수 있다. 개인이 추구하는 개별성과 특수성은 자신 못지않게 타인과 함께하는 다양성에 공감하는 '나나랜드' 현상으로 나타난다. 한양대 정민 교수는 『미쳐야 미친다』라는 책에서 독서에 미친 선학들이 미친 그 경지의 이야기를 다루고 있어, 역설적인 인상이 깊은 책이다.

믹스 매치 형태인 아재 패션은 뉴트로(new-retro) 현상이다. 뉴트로라는 것이 결국은 입고출신(入古出新)과 다름이 아니다.

제9권

장영재의 『경영학 콘서트』

스노비즘(snobbism), 일상적인 호기심과 허영심을 자극하다

짝퉁이 많이 팔리고 진품의 재고가 쌓이는 현상을 어떻게 이해할 수 있을까? 미국에서 책값이 10만 원인데 한국에서는 4만 원에 팔리는 이유는 무엇일까? 쉽게 이해할 수 없는 현상에 궁금증은 당연하다. 이 궁금증에 대한 전문가의 이야기를 듣는다면 흥미롭지 않을까? 소위 전문가들이 전문적인 지식을 독자들에게 쉽게 전달하기 위해 출판한 책이 인기몰이를 하는 경우도 있다. 왜 이런 책들이 핫(hot)한가? 아마도 독자 이해를 위한 도서는 현실 응용의 가치와 현실 이해의 가치라는 측면이 크다는 생각이 든다. 권위의 법칙 즉 전공자들의 해박함과 학문성을 바탕으로 인간 사이에서 벌어지는 현상을 설명하기 때문에 전문성과 신뢰감에 흥미성까지 가미된다. 그래서 독자들이 알고 싶은 사회 현상에 대해 유익한 정보로도 활용된다. 인간의 삶이란 타

인과의 유사한 현상의 반복이라 할 수 있다. 이러한 행위와 현상을 쉽게 이해하도록 이론으로 설명하고 있다는 점에서 이 책은 장점이다.

문화사회학자들이 언급하는 스노비즘(snobbism)은 다양하게 해석(解釋)되나, 19세기 영국 사회에서 신사인 척하며 허영심이 많은 사람의 말과 행동을 일컫는다. 또는 자기 자신에게 진실(authenticity)하지만 자신을 기만하며 타인의 우위에서 과시하려는 욕구를 지칭(指稱)하기도 한다. 가령 오페라라는 고급 예술을 통해 타인보다 우월하다는 생각을 가지게 한다는 것이다. 저자는 자신의 프로필에서 밝혔듯이 MIT 기계공학 박사를 거쳐 카이스트 산업 및 시스템 공학과 교수로, 관심 분야는 기업의 경영 전략과 컨설팅에 대한 방법 연구에 매진하고 있다. 이러한 그의 이력은 전문적인 식견을 드러내는 현학적(衒學的)인 글쓰기가 가능한 저자이기도 하다. 그러나 일상적인 대중의 궁금증에 대한 답으로서의 소통을 하려는 인식을 가진 학자들의 책무성을 실천하는 자세이기도 하다.

이 책에서 관심을 끄는 내용은 제1장에서 '미국에서 10만 원짜리 책값이 한국에서는 4만 원인 까닭', '값싼 좌석이 일찍 매진되는 이유' 그리고 제32장에서는 '이기적인 선택이 세상을 널리 이롭게 하다'와 '집단 지성은 어떻게 지니어스 모델을 창출하는가' 또 제5장에서 '삼성전자의 가장 강력한 무기', '열심히 일할수록 문제가 커진다' 등이다. 우선 궁금증은 왜 같은 책인데 가격 차이가 많이 날까하는 생각이 든다. 그리고 값싼 항공 좌석이 일찍 매진되는 것은 당연한데, 굳이 설명할 필요가 있을까 하는 호기심이 든다. 책의 가격 결정은 고객이 느끼는 상품의 가치와 시장 환경을 고려해 설명하고 있다. 같은 책으로 공부해서 얻을 수 있는 경제적 가치가 다르다는 점이 가격 결정에 영향을 미친다는 것이다. 미국에서 받는 연봉과 한국에서 받는 연봉의 차이가 있기 때문에 소비자가 생각하는 책의 가치에 차이가 있고, 또한 같은 경제학 서적이라 하더라도 한국의 경제학자가 쓴 책과 미국의 경제학자가 출판해 국내에 배송까지 하는 비용을 포함하면 비싼 가격으로 팔아야 하는 조건이지만 시장 상황으로 생각하면 가격이 쌀 수밖에 없다는 설명이다. 이러한 가격 차별화는 '수익 경영의 핵심'이라고 한다. 즉 미국에서만 판매하는 것보다 한국에서 싼 가격에 판매하는 '수익 경영'이 중요하다는 것이다. 할인가의 좌석 수를 줄여 비싼 가격의 좌석 수가 남는 경우, 여행 출발 시간이 가까워질수록 할인 좌석은 매진되고 비싼 좌석들만 남게 되어 비싼 가격이 형성된다는 사실도 '수익 경영'의 한 방법으로 소개하고 있다.

인간의 특성을 동물 실험과 인간관계를 통해 설명한 『이기적 유전자』에서는 이기심의 특성을 설명하면서 독자들에게 경종을 울린 책이다. 인간은 이타적이어야 한다는 도덕적 메시지까지 함의했다. 그런데 '이기적인 선택이 세상을 널리 이롭게 한다.'라는 주장을 경영 전략으로 도입하고 있다. 국내에서도 1990년대 초 비디오 대여점이 성행했을 때, 연체료 때문에 짜증이 난 적이 많았다. 비디오 대여점으로 성장한 미국의 블록버스터는

1990년대 초반까지는 독점적인 위치에 있었으나, 이에 도전장을 내민 넷플릭스가 1997년에 월 대여료로 'DVD'를 무한정으로 대출하면서 새로운 국면에 접하게 되었다. 여기에 인터넷의 발전과 함께 '개인 맞춤형 영화 추천 시스템'의 도입으로 성공하게 되었다. 할리우드 대작을 굳이 소개하지 않고, 독립영화나 저예산의 작품성 있는 영화를 전문가로 하여금 소개하게 하고, 인터넷 접속으로 개인 취향까지 파악해 적극 추천하는 방식으로 승부를 걸었던 것이다. 또한 영화 감상 후, 리뷰를 별 다섯 개로 평점을 부여하는 방식을 활용해 개인별 정보를 모아 결국은 집단화된 정보를 얻어 하나의 '알고리즘(algorithm)'을 만들어 소비자의 욕구를 충족하는 방식을 경영 전략으로 삼은 것이다.

요즘 4차 산업혁명의 흐름에 따라 토론과 협상을 통한 집단 지성이 화두(話頭)이다. 곤충학자인 윌리엄 휠러가 각각의 곤충들의 행동이 전체적인 행동과 맞물려 새로운 집단적인 행동을 한다는 결과에 근거해 '초유기체(super-organism)'라고 명명한 뒤, 이를 활용해 사회학자인 피에르 레비 등이 전파한 용어이다. 위키피디아라는 온라인 백과사전이 그 예이다. 지식을 갈구하는 이들에게는 샘물 같은 존재이다. 개인이 가진 지식과 정보를 그냥 올리는 것이 아니라 정보를 20번 정도 검증해서 올리기 때문에 가치를 주는 것이다. 전통적인 편집으로 세계 지식의 중심으로 작용했던 브리태니커 백과사전과의 경쟁에서 살아남은 것이다. 서버와 웹사이트, 그리고 운영자 몇 명만으로 회사를 움직이는 위키피디아가 기업으로서 성장할 수밖에 없는 것이다. 더구나 정보의 가치와 수준에서도 별 차이가 없다는 점이 더 큰 경쟁력이다. 이를 '위키피디아의 정신, 즉 집단 지성의 철학을 통한 정보의 공유, 협업 등등 생산으로 애초 목표하지 않았던 긍정적인 결과를 창조성(창발성, emergence = 출현, 발생)을 통해 사회적, 경제적 가치를 창조하는 것(위키노믹스, 동명의 책,『위키노믹스』참고)'이라고 하여 집단 지성을 바탕으로 하는 새로운 경제 패러다임(토마스 쿤,『과학혁명의 구조』)이 되었다. 블록버스터와 넷플릭스, 브리태니커와 위키피디아, 반스앤노블과 아마존닷컴의 경쟁을 보라. 미미한 개인의 지식과 정보를 공유하는 토의와 토론의 가치를 생각해 볼 시간이 우리는 늦지는 않았는지…

대통령 박근혜 탄핵과 삼성의 이재용 사건. 이 두 사건은 한국인의 미래의 정치와 경제의 바로미터의 보기이다. 정치는 생물이라고 하나, 어쩐지 기득권자들의 여론 형성으로 무지한 시민이 현혹당하는 느낌이 물씬 풍긴다. 그런데 이 책에서는 '삼성전자의 가장 강력한 무기는 무엇일까?'라는 글에 눈이 꽂힌다. 삼성전자의 관심에서 벗어난 대한민국의 국민은 과연 몇 명이나 될까? 삼성의 이재용 부회장이 2021년 1월 18일 최종 2년 6개월의 실형을 받고 구속되었다. 이때 시가 총액 28조가 사라졌다고 한다. 황제 경영의 시각에서 보면 그 폐해의 심각성을 짐작할 수 있다. 그렇게 여론이 조작되거나 삼성 의식이 가득 찬 사회적 분위기를 조정하는 것이 아닌가 하는 의구심이 든다. 한쪽에서는 황제 경영이 아니라 시스템에 의한 경영이라고 진단한다.

삼성의 강력한 무기는 조직력이라고 생각하지만, 더 강력한 무기는 삼성의 '제조 운영 기술'이다. 원자재를 투입해 공정을 거쳐 완성품에 이르는 총 시간 즉, '제조 사이클 타임'의 지연(遲延)으로 시장성이 떨어졌다. 이후 생산 시간의 단축을 실시해 삼성전자는 부동의 1위를 굳건히 지켰다. 버클리대 산업공학과 교수이자 재즈 피아니스트인 로버트 리치먼 교수는 삼성과 기업 컨설팅 계약을 맺고, 삼성의 체질을 개선한 것이 바로 '제조 사이클 타임'의 단축이었다. 리치먼 교수가 주목한 것은 재고가 필요 없는 곳에 필요 이상으로 많이 있다는 지적이다. 즉 생산성이 떨어지는 곳('병목 공정')에 재고를 두어 지속적으로 생산성을 유지한다는 점이다. 생산성이 높지만 갑자기 기계 고장으로 병목 현상이 닥치더라도 적정 재고량을 유지하고 쉬면서 공장을 가동해야 한다는 것이다. 즉 차량 이동에서 병목 현상이 있는데 계속 차량이 진입하면 지체 현상이 가중된다는 사실과 같은 이치다. 즉 기계 상황과 재고 현황 파악을 통해 전체 생산량을 설계하여 생산량을 조절하는 시스템을 연구하고 적용해 성공한 것이다.

제6장에서는 월드컵 때 불티나게 팔린 티셔츠의 비밀을 풀어주고 있다. 소위 '짝가'가 정품보다 많이 팔리고 정품 또한 재고가 산적한 상황이었다. 이는 공급 사슬망 관리가 엉망이었기 때문이다.

책은 독자들에게 궁금증을 주어야 한다는 생각을 가지게 했다. 이 책은.

제10권

홍성욱의 『파놉티콘 - 정보 사회의 감옥』

파놉티콘(Panopticon), 두리번거리는 세상이 되다

이제는 사람들 간의 상호 감시체계가 일상화되었다. 가게마다 거리마다 모든 상황에 감시 카메라 설치로 감시체계가 구축된 전자 파놉티콘(정보 파놉티콘) 시대가 되었다. 파놉티콘이 대상에 대한 시선, 관찰이라면, 전자 파놉티콘은 컴퓨터나 전자 기기를 통해 얻은 정보가 간수의 '시선, 관찰'로 대체된다. 벤담의 파놉티콘은 전 사회를 이루고 있는 특정 대상에 대한 감시였다면, 이 파놉티콘이 오늘날은 전자, 정보 파놉티콘으로 확산되었다. 즉 정보 파놉티콘은 사람에 대한 정보 수집, 직접적인 통제나 규율이 하나로 합쳐지고, 정보는 벤담의 파놉티콘에서의 시선을 대신하여 규율과 통제의 기제로 작동한다는 것이다.

소비자들이 자발적으로 정보를 제공하고 감시를 받는 '슈퍼 파놉티콘' 시대가 되었다. 즉 자발성으로 확산하는 파놉티콘의

시대가 되었다. 이제는 정보가 자신의 정체와 능력을 입증하는 시대가 되었다. 또한 신용카드를 사용하는 순간 자신의 위치는 제공된다. 이처럼 우리들의 일상에 대한 프라이버시를 '파놉티콘'으로 홍성욱은 정리했다.

영국의 공리주의 철학자 제러미 벤담은 1791년에 죄수를 교화할 수 있는 시설로 원형감옥 파놉티콘(Panopticon : 다 본다)을 세울 것을 제안했다. 그가 제안한 바에 따르면 파놉티콘 바깥쪽으로 원주를 따라서 죄수를 가두는 방이 있고 중앙에는 죄수를 감시하기 위한 원형 공간이 있다. 이 중 죄수의 방은 항상 밝게 유지되고 중앙의 감시 공간은 항상 어둡게 유지되어, 중앙의 감시 공간에 있는 간수는 죄수의 일거수일투족을 모두 포착할 수 있는 반면에 죄수는 간수가 자신을 감시하고 있다는 사실을 알 수 없다. 파놉티콘에 수용된 죄수는 보이지 않은 곳에서 항상 자신을 감시하고 있을 간수의 시선 때문에 규율을 벗어나는 행동을 못하다가 점차 이 규율을 내면화해서 스스로 자신을 감시하게 된다는 것이 벤담의 생각이었다.

4.19 이후 현대사는 국가 혼란과 사회적 아노미 현상이 끊임없이 이어져 왔다. 역시 2020년에도 그 혼란상이 국가의 정점에 자리 잡았다. 주가 조작과 펀드 사기 사건인 라임 1조 6천억 원, 옵티머스 6천억 가량의 금융 사기 사건, 한국을 뒤흔든 부동산 문제 그리고 해수부 공무원 피살 사건 등으로 빚어진 사회의 혼란상을 우리는 목도(目睹)하고 있다. 특히 2020년만큼이나 정치권으로 관심을 두는 해는 드물 것이다. 단지 정치권에만 머문 것이 아니라 코로나19라는 인류의 존재를 위협하는 질병과 연결되어 카뮈의 『페스트』를 연상하는 사회가 되었다. 이러한 혼란의

한 가운데를 서울대 법대 교수이며, 법무부 장관을 지낸 조국과 법무부 장관인 추미애와 검찰총장 윤석열, 그리고 평검사의 검찰 개혁에 대한 의견 대립이라는 사회적 논쟁거리를 야기한 사회가 진행 중이기도 하다. 그런데 이러한 사회에서 확증 편향의 집단에서 추미애 장관의 아들 복무 문제 때문에 특정인에게 소위 팩폭이라는 명분 하에 개인의 신상이 탈탈 털리면서 정신적 피해가 극에 달하는 상황이 일상화되었다. 개인 인격은 없고 다만 집단의 린치만 있다는 생각을 떨칠 수가 없다. 여기에다 인터넷을 활용하는 현대인들은 어쩔 수 없는 사용자이지만 또한 벗어나지 못하는 노예처럼 생활하는 비극의 현실이다. 인터넷 접속 동안 슬픔과 즐거움이 있지만, 이 감정이 움직이는 동안 고수익을 올리는 거대한 IT 기업들이 상존해 있다. 우리가 볼 수 없는 거대한 파놉티콘을 운용하는 기업들이 함께 생활하고 있다.

SNS나 유튜브를 통해 일상에서 공개되는 개인 정보는 개인의 명예뿐만 아니라 자발적 의지에 따라 자신의 정보를 공개하기도 한다. 그리고 보이스 피싱처럼 자신의 의도와 관련 없이 경제적 손실까지 입는 경우가 있다. 개인 신상이 털리는 순간, 개인은 만신창이가 된다. 이에 그치는 것이 아니라 결국은 법정 소송 사건까지 번지는 상황으로 이어진다. 너무나 많은 소송 사건으로 휩싸이는 사회가 되는 것이 아닌가 하는 생각을 지울 수가 없다.

그러나 사회는 반전(反轉)이 생겼다. 바로 유튜브이다. 개인 정보와 사생활을 자발적으로 노출하면서 자신의 인생을 즐기면서도 경제적인 이익을 추구하는 형태로 발전하는 매스 미디어가 활성화되는 사회가 되었다. 그러나 유튜브로 인해 파생되는 문제점 또한 만만치가 않다.

'영상이 익숙한 MZ세대(밀레니엄 + Z세대)는 이제 퇴사와 폐업이라는 소재를 (자신과 관련된) 동영상 콘텐츠'로 제작하여 자신의 신상을 공개하여 공감과 위로와 함께 경제적 이익을 도모한다는 이중성을 보여주고 있다. 2020년, 세계적인 톱 가수가 된 BTS가 가장 대표적인 예이기도 하다. 소위 BTS의 효과는 한국 유튜버들에게는 가장 긍정적인 면을 볼 수 있다. 시가 총액 8조 원의 코스피에 상장되면서 소위 '따상'이라 불리는 흥행주가 되었다.

필자는 코로나19 사태에 직업상 수업 장면을 동영상으로 몇 개 올렸고, 지역 시민들과 독서를 공유하는 인문학 관련 토론 영상을 업로드했다. 처음 업로드한 영상에 대한 댓글로 빚어진 아픈 상처는, 유튜버의 '구독, 좋아요'라는 생각과 다른 '싫어요'라는 아이콘이 먼저 화면을 장식했었다. 심지어 댓글에 나타난 부정적인 내용으로 '멘탈'이 붕괴하는 기분, 그 이상이었다. 경험하지 못한 세상의 경험이었다.

호주 출신 팟 캐스트인 재코 즈윗슬핫은 '유튜브 세상에는 무시당하거나, 사랑받거나, 분노의 대상이 되는 단 세 가지 설정만 존재한다'라고 했다. 나의 감정은 이와 같았다.

국가 주도의 개인 정보 사찰이 빈번하게 일어난 사례를 심심

찮게 볼 수 있다. 요즘은 4차 산업 혁명 시대에 알고리즘이 유튜브에서 작동하여 개인의 상황까지 파악하는 상황까지 문제시되는 현실이 되었다.

영국이나 유럽의 국가에서는 작가의 일대기와 그에 관한 유품들이 관리되어, 세계적인 문화 유산으로 가치로 인정하여 관리하여 문화적 국가 자존심을 내세우고 있다. 그런 만큼 작가 개인의 신상에 관한 정보는 매우 중요하다. 필자는 문학 연구자이다. 그래서 작가 연구의 가치와 구체적인 방법론을 나름대로 체계화해서 출판해, 대학과 대학원 전공 교재로도 쓰임새가 있다고 생각한다. 파놉티콘이 작가 연구에 지대한 영향 관계가 있음을 언급하고자 한다. 왜냐하면 작가 자신의 개인 정보 동의나 주변 인물에 대한 정보와 인터뷰, 관련 자료 등이 작가 연구에 절대적인 자료로 활용되기 때문이다.

문학은 본래의 영역 외에도 인접 학문과의 관련성이 기본이다. 본래 깊어지기 위해 넓어지지 않을 수 없는 것이 학문이고, 연구이다. 특히 작가뿐만 아니라 주변 인물의 신상까지도 공개되어야만 하는 작가와 관련한 인터뷰는 작가의 입체적이고 균형적인 시각을 정립하는 데 절대적으로 필요하다. 물론 금전, 인격 말살과 같이 악용되는 사례는 없어야 한다.

제4부

심미안(審美眼)과
표현

- ◇ ◆ ◆ ◇ -

학문적 가치를 구현하고 인정받는 학위 논문, 그 학위 논문과 관련한 정치인, 연예인, 그리고 1타 강사의 논문 표절 시비로 세간이 시끄러웠다. 글쓰기의 심각성을 보여 준 사례이다. 글쓰기는 인간이 가진 본능이다. 그러나 표절은 본능이 아니다. 왜냐하면 창작의 세계가 존재하기 때문이다. 그 중간. 인간이 합리적으로 타협하는 지점을 찾은 것이 패러디이고, 용사(用事)라는 경계이다. 그래서 지적 사기라는 표절이 창작의 패러다임이냐라는 논쟁이 생긴 것이다. 표절은 '지적 오염'이다. '지적 오염'이 난무(亂舞)한 사회가 되었다는 현실이, 어쩌면 오늘의 현실이다. 이 현실을 어떻게 볼 것인가에 대한 답은 독서가 줄 것이다. 여기에 소개하는 도서는 적어도 '지적 오염'이라고 생각하지는 않는다.

2020년 10월 추석 즈음에 소위 가황이라 불리는 73세의 가수 나훈아의 KBS 단독 공연이 중계 방송되면서 화제가 되었다. 코로나19 사태와 조국, 추미애, 윤미향과 같은 고위 공직자 문제가 사회적 이슈가 뜨거운 시점에, 방송 중에 던진 그의 사이다 발언이 국민의 공감을 얻었다. 국민을 놓고 자질구레한 설명보다는 몇 마디의 말로 공감을 얻는 표현이 중요하다.

울산역에서 우연히 마주했던 소설가 김훈은 한 언론 인터뷰에서 '글을 쓰는 것에 즐거울 일이 하나도 없었다. 고통스러운 일인데…'라고 밝혔다. 그러면서도 자신이 글쓰기의 원칙을 정해, '쓰다 보면 더 설명하고 싶다는 충동이 든다. 그걸 억제하고 말을 압축하여 쓰다 보면 거기서 전기 같은 게 나와요. 찌릿찌릿한 느낌이 올 때가 있어요.'라고 했다. 김훈의 이야기는 필자가 독서 일기를 쓰는데, 일정한 잣대일 수 있다고 판단한다. 이 장에서 소개한 책 역시 저자들의 글쓰기 고통과 함께 희열을 엿볼 수 있다.

심미안은 인간이 누릴 수 있는 최대의 희열이다. 대상을 통해, 그리고 인간 자체의 내적 성숙을 통해 볼 수 있고 느낄 수 있는 심미안, 그 심미안은 인간이 만든 예술을 통해 그리고 철학으로 성숙한 인간의 존재를 들여다볼 수 있고, 이를 표현(글쓰기)할 수 있다는 점에서 경이롭다.

제11권

강우방의 『미의 순례』

예술과 화폐의 가치

예술가들은 그로테스크하다. 참으로.

'예술이 뭐냐고? 그건 돈일세'

피카소의 한 지인이 예술의 정의를 묻는 답변이다. 이 말의 의미는 예술적 성취와 예술 가치의 금본위제를 동시에 추구했다는 의미이다. 그렇다면 피카소의 그림은 엄청난 금(金)으로 환산될 수 있다는 점에서 경매나 매매가 되었다고 볼 수 있었으나, 뜻밖에도 피카소는 구매자들의 간청이나 호소를 면전에서 물리치고 자신의 작품을 다수 소유했다고 한다. 이로 인해 상속세가 많아졌고, 상속세는 돈이 아닌 미술 작품으로 대납하는 법을 만들어 국고로 귀속하여 국가 차원에서 피카소 미술관을 탄생시켰다.

　　　　　　　　　　　　　 – 이주헌, 『50일간의 유럽 미술관 체험』

돈은 자본이고 자본은 곧 화폐인 돈이다. 돈은 인간이 추구하는 효용의 가치를 실현할 수 있는 도구이기 때문에 인간은 돈에 대한 욕망을 추구하는 것이다. 돈은 그 자체로 효용의 가치가 내재해 있지만 개인이 요구하는 고차원적인 대체재에 투자해 그 효용의 가치를 극대화하려고 한다. 오히려 예술가들이 자신의 작품을 돈으로 환원될 수 있는 그림을 창작하는 것으로 해석할 여지가 있다. 구입하는 사람들은 그림을 통해 돈의 효용의 가치를 누린다. 그래서 예술은 돈이라는 등식이 성립한다. 피카소는 자신의 천재성으로 빚은 그림으로 인간이 추구하는 효용성을 극대화하여 보여 준 작가인 셈이다. 2021년 그의 그림 "창가에 앉은 여인"(1932년)은 크리스티 경매에서 약 1,234억 원에 팔렸다.

'사랑은 쓰레기통에 있다'

얼굴 없는 작가로 알려진 뱅크시의 작품이 지난 2018년 10월 런던의 소더비 경매에서 약 16억 원에 팔렸던 "풍선과 소녀"가 2021년 10월 14일(현지 시간) 다시 같은 경매에 나왔는데 약 304억 원에 낙찰됐다고 영국 BBC가 전했다. 경매에서 팔린 뱅크시의 작품 중 최고가 기록이다. 이 작품은 3년 전 낙찰된 직후 경보 소리와 함께 그림 액자 틀에 숨겨진 파쇄기가 자동으로 작동해 가늘고 긴 조각들로 찢어져 큰 화제가 됐다. 뱅크시는 SNS를 통해 자신의 소행이며 그림 전체를 파쇄할 계획이었다고 털어놓았는데 실제로는 그림 절반 가량만 액자를 통과해 찢어졌다. 파쇄기가 어떤 이유에선지 고장난 것인데 그림으로써 극적인 요소가 배가됐다. 작가가 낙찰된 자신의 작품을 파손하게 만드는 사상 초유의 소동으로 이 작품은 더 유명해져 새 작품명 '사랑은 쓰레기통에 있다'가 붙여졌다. 당시 뱅크시는 직접 만든 동영상에서 '파괴하고자 하는 욕망도 창조적인 욕구'라는 파블로 피카소의 발언을 소개했다. 3년 만에 다시 경매에 나온 이 작품이 400만~600만 파운드에 팔릴 것이라는 전망이 나왔지만 낙찰가는 그 예상을 훨씬 넘어섰다.[2021년 10월 15일, 인터넷에서 인용함] 뱅크시의 존재는 확인되지 않는다. 단지 영국 브리스톤 시 출생으로 1990년부터 거리 구석에서 스프레이를 칠하는 그라피티를 하는 얼굴 없는 예술가로 알려져 있다.

뱅크시는 도시의 거리와 건물 벽화를 그려 그라피티 아티스트로 '얼굴 없는 화가'로 전 세계에 알려져 있다. 그는 전쟁, 빈곤, 환경 문제의 심각성을 풍자한 화가로도 유명하다. 그의 그림은 쓰레기통에서 화폐로 치환되면서 재활용되었다는 생각이 든다. 해외 작가뿐만 아니라 국내의 김환기 화백 그림도 고가에 팔렸다. 한국 근현대 미술의 거장으로 평가받는 김환기(1013~1974) 화백의 "우주" 작이 132억 원에 낙찰되었다. "우주(5-IV-71)"는 71년에 제작된 작품으로 푸른색의 점으로 구성된 그림이다. 작품 두 점을 이어 붙인 시리즈로 총 사이즈 254x254cm인 거대한 작품이고, 그의 작품 중에서도 가장 큰 작품이다. 이 그림의 가치란 인간에게 어떤 신비감과 영감을 준다는 평가를 받았기 때문이다. 일상적인 삶으로 관찰하거나 느끼지 못한 새로운 세계를 가시적으로 구성했기 때문이기도 하다. 그는 1930년대 천재 시인, 소설가인 이상(본명 : 김해경)과 결혼한 여인과 이상 사망 후, 이상의 부인이었던 김향안 여사가 바로 김환기 화백과 재혼했다. 이들의 예술적 영감이 상호 작용했다는 가치를 들여다볼 수 있다면, 독자로서는 행복할 것 같다.

나치에 의해 강탈되었던 고흐의 풍경화 "건초더미"는 423억에 경매되었다. 국내에서도 예술 작품에 대한 경매가 활발해졌다. 2021년 한국 국제아트페어 전시장에 이우환, 박서보 등 국내 인기 작가들의 작품을 구입하기 위해 20~40대 투자자들이 모여 6시간 만에 350억 원 경매가 되었다고 한다. 30억을 호가하는 이우환 그림도 경매로, 일본인 팝 아트 작가 무라카미 다카시의 30억 원대 대형 조각 '카이카이', 20억 원대 대형 회화 '가부키 플라워스' 등이 완판되었다. 예술은 화폐의 가치로 환산되면서 더욱 대중들의 관심을 보인다. 세상 어디에도 볼 수 없는 세계를 볼 수 있다는 신비감과 함께 인간의 독점적 욕망 때문에 가능한 것이다. 예술이 화폐로 변화될 때, 세간의 관심을 끈 이유는 무엇일까? 화폐가 예술의 가치를 끌어 올리는 것일까? 예술과 자본은 상관관계에 있다는 명제는 성립할 수밖에 없다는 생각이 든다.

예술(藝術)이란 무엇인가. 예술의 정의는 작가가 추구하는 미의 세계를 예술 장르를 통해 창조한 행위의 결과물이다. 예술에 대한 관심과 조예는 다르다. 예술에 대한 사람들의 주관성과 심미성의 조예가 그 차이를 드러낸다. 하지만 예술에 대한 관심을 바탕으로 즐길 수 있다는 점에서는 그 가치 부여가 사람마다 다르다. 예술에 대한 정의는 무의미하다고 할 수 있다. 개인마다 그 가치와 의미 해석이 다르기 때문이다. 청화백자가 미국 경매사에서 43억에 낙찰되었고, 김환기 화백의 그림 한 점이 272억 정도에 팔렸다는 사실을 놓고 볼 때, 호사가(好事家)들의 금전적인 욕구뿐만 아니라 심미안의 가치를 환산하지 않을 수 없다. 물론 여기에는 자본의 욕망보다는 심미안의 가치를 읽어야 한다고 생각한다.

언어 예술과 미술, 그리고 공간이 주는 아름다움 또한 동일한 듯하지만 각기 특징을 보여 다른 즐거움을 준다. 작가가 의도한 바를 보편적인 언어로 표현하더라도 전체 맥락을 이해하지 못한다면 그 언어 예술의 가치를 감상하지 못했다고 본다. 마찬가지로 미술, 특히 세기의 명작(名作)이라 불리는 그림의 경우 쉽게 관람해서 감상하기란 어려움이 많다. 적어도 그림을 대하는 기본적인 감상법을 가지기 쉽지 않기 때문이다. 그래서 대중들은 전문 미술 평론가 혹은 미술사학자들의 안내서를 접하는 것도 한 가지 방법이 된다. 서양 미술의 경우는 더더욱 전문가들의 감상평이 도움이 된다. 그래서 서양 미술에 대한 안내서인 이주헌의 『50일간의 유럽 미술관 체험』과 우리나라 예술에 대한 강우방의 『미의 순례』 그리고 제주도와 관련한 예술을 답사한 유홍준의 『나의 문화유산 답사기』(7권) 등은 손에 넣고 읽어 볼 만한 안내서들이다. 그림의 가치를 읽어내는 전문가의 식견에도 귀가 기울어지지만, 저자들이 들려주는 명화를 감상한 이야기도 읽는 재미를 더해 준다.

『50일간의 유럽 미술관 체험』의 대중적인 인기는 고전에 대한 보통 사람들의 접근으로 심미안을 안내하는 점이 강점이다. '유럽의 주요 미술관을 일목요연(一目瞭然)하게 개괄한 뒤, 한 사람의 미술 평론가로서 유럽 미술의 특질을 주체적인 시각으로 조망하고 우리의 감정과 언어로 해석'한 책이다. 서양 미술에 대해 대개는 번역서이기 때문에 서양적 시각일 수밖에 없다. 그래서 우리의 시각으로 '주요 미술관에 수장된 작품에 대한 감상의 기록'으로 시도했다고 작가는 집필 동기를 밝혔다. 이 책은 유럽 미술을 여행하는 가이드 북 성격을 띠고 있어, 장점이다. 영국의 대영 박물관, 프랑스의 루브르 박물관, 네덜란드의 암스테르담, 벨기에 왕립박물관 등을 답사하고 기록한 내용이 담겨 있다.

이주헌의 책에서는 피카소와 달리 이야기가 눈에 들어온다. 20세기의 미술계를 변화시킨 화가는 단연 살바도르 달리(1904~1989)와 파블로 피카소(1881~1973)를 꼽는다. "아침에 눈 뜰 때마다 난 내가 살바도르 달리라는 사실이 너무 기쁘다."라고 할 만큼 오만했던 기행으로 생을 마감한 달리. 그는 지그문트 프로이트의 『꿈의 해석』을 읽고서야 초현실주의 화가로 입지를 굳혔다. 그래서 그는 "내가 다른 초현실주의자와 다른 점이 있다면 그건 나야말로 초현실주의자라는 것이다."라는 말을 남겼다.

> "내가 다른 초현실주의자와 다른 점이 있다면 그건 나야말로 초현실주의자라는 것이다."

살바도르 달리는 20세기 가장 독창적인 천재라 불리는 스페인 출신의 초현실주의 화가로, 지그문트 프로이트의 정신분석 이론을 토대로 잠재의식 속 환상 세계를 사실적으로 표현했다. 달리는 산 페르난도 왕립 미술 학교에 입학할 당시 이미 카탈루냐 지역의 비평가들에게 찬사를 받을 정도로 다양한 화풍과 뛰어난 기교를 갖추고 있었다. 더구나 그는 스스로를 천재라고 여기기까지 했다. 때문에 달리는 곧 학교 교육에 실망했고, 온갖 말썽을 부렸다. 성모 마리아상을 그리라는 과제에 저울을 그려 제출하고 "보통 사람들은 성모상에서 성모를 보겠지만 저는 저울을 보았습니다."라고 말했다는 일화가 유명하다. 또한 새로 부임하는 교사가 마음에 들지 않는다며, 자질 없는 교수를 임용할 수 없다는 이유로 학생들의 시위를 선동했다. 달리는 이 때문에 1년간 정학 처분을 받고, 반정부 활동 혐의로 감옥 생활까지 했다. 이후 미술사 시험에서 '이 답은 심사위원보다 내가 더 완벽하게 알고 있다. 그래서 나는 답안을 제출할 수 없다'라고 쓴 답안지를 제출해 퇴학당했다.

　　퇴학 이후 집으로 돌아온 달리는 인상파, 점묘파, 미래파, 입체파 등 여러 현대 미술 양식을 좇는 다양한 작품을 제작했다. 잠재의식 속에 숨겨진 욕망, 꿈의 상징성 등에 대한 프로이트의 저술들은 달리의 자기 탐구에 큰 원동력이 되었다. 프로이트의 정신분석 관련 도서를 읽지 않았다면, 달리의 예술 세계는 어떻게 구현되었을까? 독서의 가치는 여기서도 증명된다.

　　파리 시절 달리는 평생의 연인인 갈라를 만났다. 앙드레 브

르통에 의해 초현실주의 그룹에 들어간 후 달리는 그 운동의 정신적 지도자였던 폴 엘뤼아르를 만났다. 엘뤼아르의 아내 갈라는 달리가 그려 왔던 이상적인 여성이었고, 그가 <폴 엘뤼아르의 초상>을 완성할 무렵 그의 여인이 되어 있었다. 10세 연상에 유부녀였던 갈라와의 불륜으로 달리는 아버지와 결별했다. 화가로서는 천재적이었으나 일상 생활에서는 무능력자 같았던 달리는 갈라의 내조로 지상에 발붙인 천재가 될 수 있었다. '갈라의 발, 입체적 작품'에서처럼 갈라는 그의 예술적 성취의 모델이었고, 자신의 작품이 완성될 때마다 그녀에 대한 마음을 표현하기 위해 '갈라 살바도르 달리'라고 새겼다.

1940년에 뉴욕 현대미술관에서 첫 회고전을 열었으며, 갈라와 함께 뉴욕에 정착했다. 그는 철저하게 계산된 이슈 메이커로 세간의 주목을 받으며 엄청난 성공을 거두고 막대한 부를 쌓았다. 자서전 『살바도르 달리의 비밀스러운 삶』, 『어느 천재의 일기』를 보면, 달리는 기이하고 파격적인 천재 신화를 만들어내는 데 무엇이 필요한지 확실히 알고 있는 천재적인 홍보 감각의 소유자이기도 하다. 아이러니하게도 그의 사후에 재산은 모두 스페인 정부에 기증되었다.

불우한 천재 화가라면, "소"의 이중섭 화가, 박수근 화가도 떠오른다. 박수근 화가는 6.25 전쟁 통에 미국 영내 매점(PX)에서 미군 애인 얼굴을 스카프에 그려주는 일로 생계를 이어갔다는 일화는 유명하다. 그는 부친의 사업 실패로 보통학교를 졸업 후, 12세 때에 밀레의 "만종"을 통해 화가의 꿈을 꾸었다. 그는 독학으로 그림 공부를 했다. 1961년 일본 국제자유미술전에 출품된 "나무"는 도둑 맞았다. 그림을 탐내는 도둑을 신고하기보다는 새 작품인 "나무와 두 여인"을 그려서 우리에게 남겼다. 요즘 그의 미군 초상화를 찾고, 그가 그린 그림 가격에 관심이 높아지고 있다.

예술에 관한 도서는 명작들을 몇 작품밖에 볼 수 없다는 점이고, 물론 책에 실었다고 해도 원작이 아니기 때문에, 아우라가 사라진 그림일 뿐이다. 화가 박서보는 자신의 그림을 NFT로 제작되는 것에 대해 반대 의사를 내었다. 작품의 아우라가 사라진다는 이유이다. 이주헌의 책도 명작을 볼 수 없다는 제약은 있으나 안내서로는 손색이 없다. 그리고 책의 말미에는 박물관의 전화번호, 휴관 일자 등도 소개하고 있다.

강우방은 서울대에서 독문학을 전공했는데, 하버드대에서 한국 불교 미술을 강의하였고, 국립경주박물관장을 지냈고, 우리나라 불교 미술에 조예가 깊은 대표적인 학자다. 미술사학자인 강우방은 만해 한용운의『님의 침묵』은 그대로 판각해서 해인사 대장경 판전에 봉안되어야 한다고 주장했다. 그의『미의 순례』는 미술사학자로서 자부심이 담겨 있다. 서양 시각과 일본인의 시각으로 한국 미술을 재단하는 우려 속에서 한국 미술사에서의 독자성에 대한 고민이 많았던 인물이다.

강우방은 '한 예술가의 생애-추사의 글씨를 보며-'에서 추사의 삶과 예술에 대한 노력을 극찬하고 있다. 물론 추사에 대한 찬사에 우리도 이견이 없다. 다만 이 책에서도 추사의 진품을 볼 수 없다는 점이 아쉽다. 대중적으로 선풍적인 인기를 끌었던 이국적인 정취와 한국적인 정서를 품고 있는 제주도의 풍광을 그린 유홍준의 『나의 문화유산 답사기』에는 추사의 '세한도(歲寒圖)'[1974년 국보 180호]와 이에 대한 상세한 이야기가 전해진다. 세한도는 추사(秋史) 김정희(1786~1856)가 제주도 유배 생활 중에 친했던 사람들도 외면하고 찾지 않음에도 그의 제자 우선(藕船) 이상적(李尙迪)이 한결같은 마음으로 귀한 책을 중국에서 구하여 유배지로 보내준 데에 대해 고마움의 표시로 이상적에게 그려 보낸 작품이다. 제주도 유배지에 온 지 5년째 되던 해인 헌종 10년(1844년)에 추사 나이 59세에 그렸던 역작이다. 창에 소담한 서재와 곰솔 세 그루인 문인화, 그 문인화와 추사체의 글씨와 발문이 강인한 인상을 준다.

> 공자께서 '날이 차가워진[세한(歲寒)] 뒤에야 소나무 잣나무가 시들지 않는다는 것을 안다'라고 했는데

'가벼운 것이 참으로 무겁다'라는 역설적인 논리처럼, 추사 김정희의 조형성과 언어성을 가장 극명하게 보여 준 글귀이다. 이 글귀의 힘에서 느껴지는 삶의 진리를 혀 끝과 눈 끝으로만 이해할 수는 없다. 그가 남긴 예술 앞에 서야만 발끝이라도 이해할 수 있지 않을까. 우리는 박물관에 가야 한다. 박물관에서만 예술가의 진정한 언어인 예술품을 감상할 수 있다.

제12권

구본준의 『한국의 글쟁이들』

글은 돈 버는 기술인가? 작가 정신인가?

글은 생각의 힘이 있다. 글은 글쓴이의 의도가 반영되어 있고, 이 반영에 독자와의 의사소통 기능이 포함된다. 의도는 생각의 방향이고, 이러한 방향에 동조하거나 격한 감동을 느낀 이는 글의 힘을 느낄 수 있다.

ㄱ. 자연과 인간

ㄴ. 자연 대 인간

ㄷ. 자연도 인간처럼 살아야 한다.

ㄹ. 인간도 자연처럼 살아야 한다.

ㄱ은 자연과 인간을 공생 관계로 글쓴이의 의도가 반영된 것

이고, 읽은 이를 그렇게 생각하게 만든다. ㄴ은 자연과 인간을 대립 관계로 글쓴이의 의도가 반영된 것이고, 읽은 이를 또 그렇게 생각하게 만든다. ㄷ은 문법적으로는 타당하나, 의미로 볼 때 쉽게 동의하기 어렵다. 적어도 ㄹ처럼 인간도 자연처럼 살아야 한다고 해야 맞는다고 생각할 것이기 때문이다. 그래서 인간이 자연처럼 살아야 한다는 삶의 방향을 가르치는 것이다.

A 대통령 선거 후보자가 5.18 광주 묘지에서 쓴 방명록을 두고 세간의 말들이 무성하다.

ㄱ. 오월과 인권의 오월 정신 <u>반듯이</u> 세우겠습니다.

ㄴ. 오월과 인권의 오월 정신 <u>반드시</u> 지키겠습니다.

A 대통령 선거 후보자가 쓴 ㄱ에서, '반듯이'가 틀린다는 주장은 B 대통령 후보 측의 의견이고. ㄴ처럼 사용해야만 옳다는 주장이다. 이에 국립국어원은 '반듯이'와 '반드시' 표기는 모두 맞는 표현이라는 결론을 내렸다. ㄱ에서는 비뚤어지지 않게 반듯하게 세우겠다는 의미이고, ㄴ에서는 반드시 지키겠다는 의미이다. 이처럼 쓰기에는 반드시 글쓴이의 의도가 담겨 있기 때문에 쓰기와 읽기가 반드시 일치하는지를 고민해야 한다.

ㄱ. 공원에 벚꽃이 <u>만개</u>했어요.

ㄴ. 공원에 벚꽃이 <u>만발</u>했어요.

『우리말 어감 사전』에서는 단어가 가지는 차이를 밝혀, 이역시 생각의 방향을 가르치는 힘을 보여주고 있다. ㄱ의 공원에 벚꽃이 만개했어요는 공원에 벚꽃의 개화가 최고조에 이르렀다는 의미이고, 그리고 ㄴ의 공원에 벚꽃이 만발했어요는 공원에 수많은 벚꽃으로 뒤덮었다는 의미이다. 우리 국어에도 통역이 필요하다는 말들을 한다. 표현에도 의사소통이 이루어지지 않는다는 강한 불만의 표현이라는 생각이 든다. 바르게 읽고 쓰는 능력의 부재 시대가 된 것일까? 제대로 쓰거나 읽지 못하는 상황의 시대를 리터러시(literacy) 문맹(文盲) 시대라고 한다.

　서울대 국제대학원 이수형 교수는 아이들이 주어, 동사, 목적어를 써서 정확하게 의사소통을 할 수 있도록 대화를 많이 나누라고 조언했다. 생각이 다른 사람들도 설득해야 할 때, 설득을 통한 의사소통에서 쓰기의 중요성을 강조한 것이다. 넷플릭스에 '오징어 게임'이 최고의 시청률로 한국의 위상이 높아졌고, 더불어 '기생충', BTS'와 같은 K-콘텐츠가 세계화되면서 영국 옥스퍼드 영어 사전에 등재되는 등 한국어에 대한 세계적인 관심이 증폭되는 현상이 두드러지게 나타난다. 2021년 35세 된 가브리엘 보리치가 칠레 대통령으로 당선되었다. 그는 한국의 아이돌 그룹의 노래를 즐겨 듣는다고 한다. 물론 한국의 K-팝에 대한 자신의 열성적인 면을 선거에 활용해 30대 미만의 여성 유권자로부터 많은 지지를 받았다고 한다. 이처럼 한국 문화와 한국어에 대한 관심이 세계화되는 기류에 오염되지 않는 한국어가 절실하다. 오염되지 않는 세종대왕의 국어가 세계화될 시점이 멀지 않은 것 같다. 국어와 영어의 거리를 되돌아볼 수 있는 복거일의 『국제화 시대의 모국어』를 읽기를 권한다. 국어가 점점 세계화가 될 수 있다라는 현실에 직면한 지금, 80, 90년대에 복거일은 세계어로서 영어가 가지는 힘에 대해 경제적인 접근이라는 점에서 보면, 국어를 세계의 공용화로 꿈꾼다면 지나칠까? 환상일까?

미묘한 차이는 글의 무게 중심이다. 최근에 NFT(블록체인을 다른 토큰으로 대체하는 것이 불가능한 암호 화폐)의 '메리 크리스마스'라는 문구가 1억 4천만 원에 경매되었다는 기사가 실렸다. 미묘한 차이를 쓸 수 있는 글 쓰는 기술이 필요하다. 간혹 졸저(拙著)를 읽거나 필자에 관심을 보인 독자들이 던지는 질문 중 하나는 책 내용보다는 인세에 대한 궁금증이 많았다. 졸저가 명저(名著)가 되는 순간까지는, 작가들의 지고지순한 고독(孤獨)이 있어야 한다. 지고지순한 고독의 '순간'을 인내하지 못한다면 작가 정신이 없는 것이다. 작가 정신이 부족한 저자들은 그날그날 원고료로 먹고 사는 글 쓰는 자 정도이다. 사실 졸저 『박종석의 글쓰기 기술』이 3판까지 판매가 되는 것을 보면, 독자들의 요구를 어느 정도 충족한 것이 아닌가 하는 긍정적인 생각도 살짝 든다. 필자는 졸저에 대한 자료를 보완하거나 보충하여 독자에게 더 다가가, 작가의 경험과 고뇌를 더 전달하고 싶은 생각이 강했다. 그래서 수정판, 증보판의 출판이 가능했던 것이다.

책은 돈인가? 책을 통해 최근에 세계적인 부를 축적한 『해리 포터』의 작가는 조엔 K. 롤링이다. 이 책의 국내 판권을 가진 문학 수첩 출판사도 상당한 판매고를 올렸다. 아인슈타인이 광활한 우주의 세계를 과학으로 증명하는 노력을 글로 옮겨 놓았고, 그의 우주 기원에 대한 논문이 경매에서 놀라운 가격으로 거래가 되었다. 아인슈타인의 생각이 담긴 원고의 내용이 가치가 있기 때문이다. 광대무변(廣大無邊)한 세계를 언급한 부처의 혜안을 들여다보려고 노력했기 때문에 우주의 세계를 연구한 것이다.

세간에서는 부자가 되는 방법은 부자 부모를 만나는 것, 부자 배우자를 만나는 것, 자신이 스스로 부자가 되는 것이라는 우스갯소리도 듣는다. 어느 하나 쉬운 것이 없다. 필자가 가끔 다니는 재래시장의 짜장면집 주인이 그 바쁜 와중에 읽고 있던 책이 바로 『돈의 속성』이다. 2020년에 100쇄까지 출판된 책에는 '부자가 되는 세 가지 방법'으로 상속, 복권 당첨, 사업 성공을 소개하고 있다. 복권 당첨 비율은 사업 성공 비율보다 훨씬 낮다고 한다. 사업 성공 또한 말처럼 쉬운 것이 아니다. 그래서 이 책에서는 오늘부터 당장 좋은 회사의 주식을 사서 투자하라고 조언하면서 일찍 시작할수록 더 좋다고 한다. 주식 시장에서 전문가로 손꼽히는 존 리의 주식 투자자에 대한 조언도 이와 같았다. 2021년, 코로나19 사태에 한국의 부동산과 함께 주식 투자에 '영끌', '빚투', '연투'하는 폭풍 투자 혹은 투기하는 현실이다. TV에 방영된 강방천이라는 주식 투자자는 소비자의 지갑을 보면 주가가 보인다고 한다. 주식을 먼저 사고 금융 문맹에서 벗어나기 위해서는 책을 읽어야 한다. 책을 읽고 '해석하는 능력이 생기면서 스스로 질문을 가지게 될 때 비로소 당신은 부자의 길을 만난다'는 조언을 한다. 독서에서 책의 저자에게만 몰입하면

'지적 포로'가 되고 죽은 책이 되지만 산 책이 되기 위해서는 해석하고 질문해야 한다.

1984년 발간된 코믹북 '마블 수퍼히어로 시크릿 워스 8편'에 있는 만화 한쪽이, 당시에는 75센트(만화책)였지만 38년이 지난 2022년에는 약 40억 원에 낙찰될 만큼 초판은 그 가치를 인정받는다. 만화의 시초로 꼽히는 액션코믹스 1편이라는 평가가 뒷받침하기 때문이다. 특히 책은 초간본에 가치가 부여된다. 민족 시인 김소월의 『진달래꽃』은 민족의 정서를 담은 문학사의 보물이며, 1930년대 전통주의와 모더니즘을 독자적으로 노래한 천재 시인 백석의 『사슴』과 1940년대 민족 암흑기의 애환, 자아의 염결성(廉潔性)을 읊조린 윤동주의 『하늘과 바람과 별과 시』는 억 대에 가까운 화폐 단위로 경매에 나왔다. 이들 시집은 초간본으로, 투자와 구입의 개념보다는 문학의 정신사적 가치를 담았기 때문에 가치가 결정된 것이다. 다만 계속해서 출간이 되기 때문에 초간본만큼이나 그 책에 담긴 정신적 가치가 활자화되어 책이 많이 팔리면 돈이 보인다. 책 속에서는 작가 정신이 다른 사람과 어떤 차이를 보이는가가 가치를 결정한다. 책은 그 가치가 독자들로부터 평가를 받는다. 이러한 긍정적인 평가에는 빠르게 남다른 생각을 언어로 구축해 출판하는 것도 한 방법이다. 즉 '생각의 속도'가 언어로 구성된 책이 돈이 되는 것이다. 그래서 생각의 속도가 중요한 것이다. 독서는 생각의 속도를 촉진시킨다.

글을 쓰는 작가들은 과연 돈을 벌고 생계 걱정이 없는가에 대한 궁금증을 가지고 있다. 예술이 돈이라고 하면 책은 돈이라는 등식이 성립하지 않을까? 등식은 글쟁이들이 쓴 책이 독자에게 팔려야 돈이 된다는 의미이다. 『한국의 글쟁이들』은 글을 본업으로 하는 작가들의 이야기를 다루고 있다. 굳이 작가라고 하지 않고 글쟁이라고 하는 이유가 궁금하다. 장인은 그 분야에 혼을 담아 빛나는 경지라는 의미를 담고 있는데, 쟁이는 오랜 종사자의 의미이다. 어쩌면 좀 더 서민적이기까지 하다.

한시 번역으로 유명세를 떨친 정민 교수, 서양 미술 체험기를 쓴 이주헌, 탐험과 체험을 겸비한 활동가 한비야, 자기 계발에 대한 공병호, 교양 과학의 지평을 넓힌 정재승 교수 등 18명의 글쟁이들이 글을 대하는 태도와 글 쓰는 자세에 대한 인터뷰를 담고 있다. 글쟁이의 재산은 바로 아이디어와 자료인데, 정민 교수의 재산은 병원 차트의 거치대라고 한다. 1996년 『한시 미학 산책』이 그의 명성이다. 독서를 통해 아이디어와 자료를 정리해 출판할 때 가장 중요한 것은 전공과 독자들을 이어주는 '소통'이라고 한다. 소통은 전달력이고, 여기에 언어의 경제성이 중시되는데, 언어의 경제성이 바로 퇴고(推敲)[1]이다. 정민 교수는

---

1) 閑居隣並少(한거린병소) / 草徑入荒園(초경입황원) / 鳥宿池邊樹(조숙지변수) / 僧推月下門(승퇴월하문)
(한가로이 머무는데 이웃도 없으니 / 풀숲 오솔길은 적막한 정원으로 드는구나 / 새는 연못가 나무 위에서 잠들어 있고 / **스님은 달 아래 고요히 문을 두드리네**)
중국 宋(송)나라 때 阮閱(완열)이 지은 <詩話總龜 시화총구>에 다음과 같은 일화가 전해지고 있다. 唐(당)나라 시인 賈島(가도, 777~841))가 과거를 보러 장안으로 가는 길이었다. 나귀를 타고 길을 가다가 문득 좋은 詩想(시상)이 떠올라서 즉시 詩를 지었다. 제목은 '李凝(이응)이 幽居(유거)에 題(제)함'이다. 그런데 結句(결구)의 僧敲月下門(승고월하문)을 '밀다(推)'로 할지, '두드리다(敲)'로 해야 할지 고민이 되어, 나귀 위에서 두드리는 동작과 미는 동작을 해보고 있

연암과 다산이 자신의 책 선생이라고 말한다. 그들의 책을 통해 생각하고 언어로 정제해 저술 활동을 한다. 결국 독서는 창작이라는 결과를 보여 준 원천이다.

글쓰기는 돈벌이인가? 작가 정신인가 하는 이중 구조 속에 갇힌 자신을 발견할 수 있어야만 글쓰기의 기본 자세를 갖춘 것이다. 『50일간의 유럽 미술관 체험』으로 대중과 소통하는 미술 저술가 이주헌은 '절대 현학적(衒學的)이지 않도록 노력하는 것'으로 '독자 지향적 글쓰기'를 주장한다. 책 쓰는 것은 돈 벌면서 공부하는 것이라는 것의 그의 지론이다. 그리고 역사 저술가 이덕일은 일제강점기에 형성된 '식민사관'에 대한 부정으로부터 시작해 '명문대 중심의 학계'에서 벗어난 자괴감으로 시작한 글쓰기로 성공을 거둔 저자이기도 한다. 그의 대표작은 『당쟁으로 보는 조선 역사』와 『조선왕 독살 사건』이다. 이덕일은 학자풍의 딱딱한 글을 쓰지 않는 수준을 넘어 짜임새 있는 이야기 구조를 만들어내는 능력이 탁월하다는 장점이 있다고 평가받는다. 역사적인 인물의 일생을 샅샅이 훑어야만 가능하기 때문에 자료 수집과 집필에 몇 년은 기본이고 길게는 십여 년씩이나 걸리기도

다가 자신을 향해오는 高官의 행차와 부딪혔다. 그 고관은 唐宋八大家(당송팔대가) 중의 한 사람인 京兆尹(경조윤: 수도의 시장) 韓愈(한유)였다. 賈島는 길을 피하지 못한 까닭을 말하고 사과했다. 대문장가인 한유는 뜻밖에 만난 시인의 말을 듣고 꾸짖는 것은 잊어버리고 잠시 생각하더니 "내 생각엔 밀다(推)보다는 두드리다(敲)가 더 좋을 듯 싶소"라고 말했다. '문을 밀고 들어오기 전에 두드리는 게 예의가 아니겠는가?'라는 뜻이 내포되어 있었으리라. 결국 시인 賈島는 韓愈의 권유로 '敲'를 선택했다. 여기에서 '推敲(퇴고)'라는 말이 생겨났다. *推敲(퇴고): 문장을 완성하기 위해 고심하여 다듬고 고치는 것을 말한다. (推 : 밀 퇴, 옮길 추, 敲 : 두드릴 고, 두드릴 교, 두드릴 학)[네이버 검색 자료]

하고, 또한 관련된 인물도 취재, 인터뷰도 해야 주인공을 입체적(立體的)으로 조망(眺望)할 수 있다. 자료와 인터뷰를 재구성해야 하는 어려움도 따른다. 출판이 선진화되면서 시장이 성숙해지고 진실과 정의가 살아남는 평전(評傳)의 가치가 가장 높다고 평가하고 있다. 특히 역사적인 인물의 경우는 종친회라는 독특한 문화적 요인이 작용하기도 한다. 종친회는 집필에 어떤 형태로든 영향을 끼친다는 어려움이 있다. 필자도 평전의 가치를 누구보다도 인정한다. 평전에 대한 연구 방법론으로 정리한 『작가 연구 방법론』을 출판했다.

다만 역사의 대중화를 방송으로 이끄는 설민석과 저술로 대중화하는 이덕일이 얼마나 정사에 충실했는가에 대한 학계의 평가를 항상 염두에 두어야 한다는 생각이 든다. 물론 저자들은 이 점을 충분히 명심하고 있으리라 짐작한다. 삶과 글이 일치하는 글쟁이는 한비야이다. 1996년 『바람의 딸, 걸어서 지구 세 바퀴 반』으로 혈혈단신 6년 동안 전 세계를 걸어서 다닌 경험을 바탕으로 쓴 책이다. 그래서 '머리를 때리는 글이 아니라 가슴을 때리는 글을 쓴다'라거나 '아무리 뛰어난 머리도 잉크를 따라가지 못한다.'라는 말을 가질 수 있는 저술가이다. 80년대 민주화 운동에 섰던 철학 교수에서 한의사로 변신한 이력의 소유자, 1인 기업형 지식으로 꼽히는 도올 김용옥, 그는 책을 쓸 때 독자를 25~35세로 잡는다. 그리고 가장 쉽게, 가장 대중을 교감할 수 있는 나의 사유를 정리해 책을 집필한다고 한다. 재미있는 그의 말은 '20세기는 폭력의 세기'이고, 21세기는 논술의 세기로 규정하여 신세대와 함께 합리적인 소통을 가능하도록 노력한다는 점이다. 그의 책은 『논술과 철학 강의』에 고스란히 담았다고 한다. 이 모두는 롤랑 바르트가 지적한 저자의 소멸과 독자의 가치를 일찍 평가한 글쓰기라고 할 수 있다.

교양 과학의 저술가인 정재승, 그는 『물리학자는 영화에서 과학을 본다』(20만 부 이상)와 『정재승의 과학 콘서트』(40만 부 이상)로 알려진 글쟁이다. 베스트셀러 작가와 아닌 작가의 차이는 글쓰기 능력보다는 독자들이 무엇을 알고 싶어 하는지, 이 시기에 무엇을 말해 주어야 하는지를 아는 기획적 사고에 달려 있다고 할 때, 이를 가장 잘 파악하는 저자가 정재승이라는 평가받는다. 또한 정재승은 이공계 출신의 글쓰기 약점을 극복하고 문과 출신 못지않은 글솜씨를 자랑한다. "미래가 필요로 하는 인재상은 한 우물만 파는 게 아니라 우물 두세 곳을 파고, 그 우물 사이에 지류를 내는 사람일 겁니다. 그런 사람이 되는 가장 좋은 방법은 역시 책 읽기라고 생각합니다."라는 것이 그의 지론이다.

책을 쓰는 것이 아니라, 책벌레들이 하는 직업이 생겼는데, 바로 출판 칼럼니스트 또는 출판 평론가라는 직업이다. 이러한 직업을 개척한 이들 가운데 표정훈이 있다. 일주일에 3~4권 읽고, 3분의 1 정도 읽는 책은 5~6권이고, 월 50만 원 정도의 도서를 구입한다고 한다. 그는 '조사주의자'다. 책을 통해 참고문헌을 읽고, 이와 관련한 책을 다시 찾아 읽어 그물식의 독서를 해서 박람강기(博覽強記: 동서양 서적을 두루 읽고 이해함)한 상태에서 일종의 서비스업 정신으로 글을 쓴다는 것이다.

책의 실용적 가치를 논할 때, '독서 경영'이라는 말이 생소하게 느껴진다. 과연 기업 경영을 '독서 경영'으로 한다니! 참으로 어처구니없다는 생각이 들었지만, 이는 기업 오너의 생각의 크기가 기업의 크기라는 말이 무색할 만큼 진실이다. 그래서 오너들은 독서광들이 많다. 저커버그나 빌 게이츠는 독서광으로 소문이 나 있다. 지방 단체 혹은 공공 기관에서도 시민들의 독서를 권하는 정책으로 '책값 반환제'를 실시하고 있다. 즉 독자가 원하는 도서를 구입한 후, 도서 영수증과 도서를 반환하면 보상한다는 제도이다. 이런 제도를 통해 지역 시민들의 독서 기회를 확대하고 활성화하면서 지역 시민의 지적 역량을 강화한다는 의미가 있다. 지역 사회뿐만 아니라 국가 전체의 지적 역량이 강화된다는 점에서 독서 정책을 실행해야 한다.

단순히 읽고 쓰는 것만이 우리에게 필요한 것은 아니다. 조병영은 『읽는 인간』에서 문명적 삶의 8할은 읽고 쓰고 생각하고 대화하고 협력하고 판단하는 방식 즉 리터러시(literacy)가 결정한다고 했다. 수많은 텍스트와 함께 생활하는 시대에 좀 더 정밀하게 읽는 인간, 합리적으로 판단하고 소통하는 주체로 우리가 살아야 하는 시대이다. 그래서 우리의 존재를 새롭게 규정하는 언어는 리터러시한 인간이다. 세종대왕은 한 권의 경전을 100번 독파하였고, 헤밍웨이는 한 작품을 100번 고쳐 쓴다고 하였다. 노벨 문학상을 거부했던 사르트르는 1년 동안 300여 권의 책을 읽고 끝없이 글을 썼고, 다산도 20여 년 동안 500여 권의 책을 남겼는데, 모두 리터러시의 본보기를 보여주었다. 버나드 쇼가 가장 사랑한 음악가는 모차르트였다. 그는 모차르트의 오페라 '돈 조반니'를 통해 어떻게 하면 진지하면서도 따분하지 않게 글을 쓸 수 있는지를 배웠다고 한다. 바로 정밀하게 읽고 정확하게 쓰는 리터러시한 인간의 표상이다. 다행히도 2021년에는 국민들이 40% 이상 독서를 했고, 평균 독서량은 2권을 겨우 상회했다는 발표를 내놨다.

매일 1시간 독서는 치매 발병률을 20%정도 낮춘다고 양동원 교수는 주장한다. TV 혹은 유튜브는 추론과 판단 활동을 제한해 인지능력 향상에 도움이 되지 않는다는 것이다. 최원일 교수(광주과학 기술원)는 일기처럼 긴 글을 꾸준히 쓰는 사람들을 치매 발병률을 53%정도 낮춘다는 주장을 내놓았다. 개개인의 정신 건강을 위해서라도 독서와 쓰기는 결코 외면할 수 없는 삶의 방식이다.

우리가 읽고 생각할 수 있는 책들이 절판(絕版)되어 점점 소멸하거나, 새로운 정보를 담을 책 출판으로 밀려나는 것이 아닌가 하는 아쉬움이 있다. 온고지신(溫故知新), 입고출신(入古出身)이 필요한 시대인데….

박종석의 독서궁리(讀書窮理)

　필자가 책을 읽는 공간은 '독자 정신 연구소'이다. 독자 정신 연구소 이전, 송욱 연구를 집필할 때에는 장자에 나오는 구절을 인용해 '무하유향(無何有鄕) 연구소'라고 명명하였다.

　고교 시절, 소위 문청 시절 『실험 '84』라는 시집을 동창 2명과 함께 힘들게 필사하여 복사본으로 찍어 문학에 대한 열정을 담았다. 80년대, 6.25 전시 상황에 피난민과 함께, 문단 초창기에 총아라고 불렸던 시인 서정주와 소설가 김동리, 평론가 조연현과 같은 수많은 예술인들이 모여들었던 부산 남포동, 예술의 도시라 불리는 남포동에서 고교 연합 문학 동아리 시화전을 열기도 했으며, 전시된 작품을 놓고 격한 감정을 쏟아놓으며, 문학에 대한 앳된 자존심과 가느다란 10대 소년소녀들끼리 오갔던 감정까지도 활화산 같아서 문학적 열의가 대단했던 기억이 새롭다. 활화산 같은 문청 시절이었던 고교 2학년 때, 「어머니」라는 장시로 전국백일장에서 수상하면서 문학의 여정을 본격적으로 시작하였다. 대학 시절, 문학 여정에 많은 애정을 주셨던 신진 교수의 심사평이 있었다. 1987년, 경기도 최전방 부대에서 제대하는 날, 수락산 자락에 거주했던 시의 황제 천상병을 찾았다. 카스테라와 막걸리를 즐겼던 그에게 필자가 내민 마음의 선물이었다. 어눌한 그의 어투에 담긴 시의 열정에 필자는 닿을 수 없었다. 천상병 시인은 필자에게 시인보다는 먹고사는 장사를 해야 한다고 조언했다. 서울대 상대에서 공부했던 그였지만, 시인의 길을 택했다. 비참한 생활에서도 오로지 시를 썼다, 그는. 시인이란 천상병이라고 정의하고 싶다, 필자는.

그리고 시작과 함께 「백석 시의 문체론적 고찰」로 대학 3학년 때 전국 대학생 학술 논문 발표대회에서도 수상하면서 평론의 길로 들어섰다. 이 원고는 고형진 교수의 『백석 시 바로 읽기』의 참고문헌에도 포함되어 있다. 분단 시문학사에서 1930년대 천재 시인이라 불리는 백석을 연구한 논의로, 시에 유독 뚜렷한 특징이 드러난 '~와/~과'의 조사의 특성을 통해 해체되어야 했던 일제강점기에 가족과 민족의 공동체를 지향한다는 의미를 밝혔기 때문에 가치가 있다는 생각을 지금도 가지고 있다. 1999년, '한국시학회'(충남대)에서 「송욱의 『님의 침묵 – 전편해설』 연구」를 발표했다. 전국 학회에서 송욱에 대한 필자의 관점을 발표했던 자리였다. 이후 박사과정을 마치고 몇 권의 저서를 집필했다. 『송욱 문학 연구』, 『송욱 평전』 그리고 『작가 연구 방법론』, 『조연현 평전』, 『한국 현대시의 탐색』, 『현대시 분석 방법론』, 『비평과 삶의 감각』, 『현대시와 표절 양상』, 그리고 수정 증보판까지 판매가 된『박종석의 글쓰기 기술』외에도 교육 관련 도서들을 다수 집필했다. 교육과 삶이 일치해야 한다는 신념으로 교육 관련 책을 집필, 출간했었다.

『송욱 문학 연구』, 『송욱 평전』은 송욱 작고 20주기에 맞추어 출판하면서 출판계와 학계에 관심이 있었다고 생각한다. 문지파인 김현과의 인연인 송욱의 문학적 열정을 담은 필자의 원고를 문지와 민음사에 싣고자 했으나, 그 의미를 살리지 못하고 퇴짜를 맞았다. 『송욱 문학 연구』는 국내 학계에서 최초의 본격적인 논문이었고, 『송욱 평전』은 송욱에 관한 빛나는 저작이라는 평가를 받았다. 이 두 권에 대해 이승하 중앙대 교수는 과분하게도 극찬했다. 이승하는 필자를 문학평론가로 평가했고, 5, 60년대 서구 문학 이론을 한국 정착에 일조했던 유종호, 황정산, 황현산, 이숭원부터 조동구까지 송욱 연구자의 논문을 모아『송욱』을 출판했다. 『송욱 문학 연구』는 박사학위 논문으로, 만해 문학 연구로 유명한 경희대 김재홍 교수는 학위 논문 작성을 지도해 주셨고, 최학출 교수는『송욱 평전』의 문학적 가치를 정해 주셨다. 연구자의 눈을 어떻게 가져야 하는지는 자주 찾아뵙고 대화를 나누었던 최학출 교수에게 배웠다. 만약 필자가 '날카로운 비평안'을 가졌다면, 이는 최학출 교수의 가르침이라고 생각한다. 직장 때문에 울산에 거주했던 필자는 울산대 최학출 교수를 자주 찾아가 문학에 대한 이런저런 논의를 많이 여쭈어 공부를 깊이 하게 되었다고 생각한다. 한국 모더니즘 시 이론가인 서울대 김유중 교수는『송욱 평전』을 읽고 직접 전화를 주실 만큼 애정을 보여주었다. 심지어 학회에서 송욱을 다룬 논문 가운데 필자의 『송욱 문학 연구』가 송욱의 선행 연구자라는 사실까지도 언급했다고 한다. 출간 이후, 송욱 문학에 대한 문학계와 학계의 관심을 제고하고자 하여 전국의 국어국문학과 교수에게 두 권씩을 60여 군데 우편으로 직접 보냈다. 송욱에 대한 문학적 조망과 필자의 열정을 보냈는데, 이승하 교수와 인제대 교수 한 분이 우편엽서로 연락을 주었다. 후학의 열정에 선학들의 애정을 느끼지 못해 참 아쉬웠다. 그런데 필자의 「고전 시론과 현대 시론의 한 접점 연구」에 대해 좋은 평가를 해 주신 이승원 교수와 함께 이승하 교수를 서울에서 만나 학계와 문단계의 이야기를 들었다. 지금도 그 고마움은 남아 있다.

송욱과 관련한 자료를 서울대 영어영문학과 사무실을 찾았고, 문과 대학을 방문하면서 『한국문학통사』의 저자로 유명한 조동일 교수를 만났다. 조동일 교수는 서울대 연구실에서 차 한 잔을 주셨는데, 20여 분 동안의 동아시아 문학사에 대한 해박한 논의를 들려주었고, 이 논의를 직접 작성한 원고의 일부를 주었다. 후에 고대 그리스 연극의 '카타르시스', 인도 산스크리트 연극의 '라사', 한국의 전통적인 '신명 풀이'를 한 자리에 놓고 살펴, 연극 창작의 원리를 해명해 『카타르시스- 라사, 신명 풀이』를 출판했다. 학문하는 자세와 열정을 보았다. 모름지기 학자란 개념에 부합하는 모습이었다. 『탈향』 소설로 유명한 이호철 작가를 만나 송욱과 60, 70년대 당시의 문단 이야기를 인터뷰했다. 그 자세한 이야기는 『송욱 평전』에 있다. 송욱의 대표작인 만해 연구를 위해 백담사에 갈 때, 여류 시인과 사회적 문제로 시끄러 웠던 시인 고은도 만났다. 30년대 천재 시인 이상 연구에 조예 가 깊고, 그리고 파계승으로도 유명한 시인이었다. 송욱의 제자 로, 팔만대장경판과 함께 송욱의 『님의 침묵 연구』도 보관해야 한다고 피력한 강우방(국립경주박물관장)은 필자가 만나 이야기 를 나누면서 온화한 미소로 기억되는 분이다. 물론 불상에서 느 껴지는 온아함과 온아함 속에서도 숨길 수 없는 동안의 얼굴이 기도 했다. 『축소지향의 일본인』과 『신한국인』으로 일본 문화와 한국 문화에 대한 해박한 이론을 제창했던 이어령 교수를 저널 리스트로 평가했던 분이기도 하다. 이어령은 22살에 「우상의 파 괴」라는 평문으로 문단 권력에 있었던 김동리, 조향, 이무영 등 을 비판하면서 문단에 충격을 주었고, 문학의 현실 참여 문제에 대해 김수영과도 격렬한 논쟁을 불러일으켰다. 그리고 그는 한 국문학사에서 천재 작가 이상을 조명하는 데 큰 역할을 했다. 송 욱은 전공 공부를 하는 진정한 학자로 평가했다. 서울대 영문학 과 천승걸 교수는 송욱을 '에고이스트(egoist)'보다는 '에고티스트 (egotist)'로 평가했다. 필자는 시와 비평계의 이단아로 송욱을 평 가한다. 그리고 송욱 연구를 위해 만났던 부인, 여동생과 그의 자제를 통해 한 인간의 삶과 문학에 대한 깊은 성찰의 계기가 되었다. 송욱 묘지에 새겨진 김현의 한 마디는 평생 가슴에 남아 있다.

송욱의 대표작과 시 세계의 특징을 문학과 지성사에서 편찬 한 창간 30주년 기념 "한국 현대시"에 원고를 실을 수 있었다.

'문예'와 '현대문학'이 주류였던 문단에 소위 '문지'는 60-70년대부터 '창비'와 함께 시작된 문학계의 새 틀로 자리매김한 문학 잡지이다. 나름 문단사에 명패를 걸고 전국적으로 알려진 잡지였고, 여기에 송욱의 원고를 싣게 되었다.

그리고 『작가 연구 방법론』은 문광부 우수 학술 도서로 지정되면서 여러 대학에서 전공 교재로 사용되기도 했다. 국문학과의 교육과정에서 전공이었던 작가론은 대부분 교재가 없이 강의가 이루어지는 경우가 많았다. 이런 점에 착안하여 필자는 그 필요성과 가치를 파악해 집필, 출간했고 나름의 학술성을 인정 받았다. 김윤식 교수는 작가론의 가치를 일찍 평가했으며, 서강대 김학동 교수, 이화여대 이어령 교수의 작가론에 필요한 기초 조사를 축적한 연구 성과를 남겼다. 물론 김윤식 교수의 김동인, 안수길, 염상섭 등 문학사의 중요 작가를 연구했고, 또 작가 연구 이론서인 리온 에델의 『작가론의 방법』을 번역하여 학계에 내놓았다. 다만 한국 작가 적용에는 다소 애매한 부분이 있다는 판단 아래 이 졸저를 집필했다. 물론 『송욱 평전』에서부터 출발했다. 외국 이론에만 경도되었던 작가론과 이론에 따른 적용이 학문적이지 못하다는 판단으로, 한국문학에 적용할 수 있는 작가론이 필요하다는 절실함 때문에 연구가 가능했던 저작이었다.

황석영과 이문열을 자주 만났던 소설가 김하기는 부산대 박사학위를 준비하면서 『작가 연구 방법론』을 참고하여 많은 도움이 되었다고 하였고, 전북대에서 소설가 송기숙 연구로 박사학위를 준비한 조은숙, 그리고 고려대에서 박사학위 논문을 작성하는 연구자에게도 이론적 토대가 되었다는 이야기를 들었다.

『조연현 평전』은 한국문단사와 문학사의 거목을 다루었다. 한국문단사의 사료적 가치가 있다고 생각한다. 문단의 권력화와 보수화라는 비판 속에서도 문단사의 무게추를 인정할 수밖에 없는 50~80년대 문학사의 조연현, 연구자로서 그의 평전을 집필할 수밖에 없었다. 그의 현대문학사 연구는 한국문학의 사적 연구의 방향을 제시한 점에서 높이 평가해야 한다. 다만 아쉬운 것은 일제강점기 시대 문인들과 나누었던 편지뭉치가 그의 서가에 잠자고 있고, 그 편지뭉치 속에 숨겨진 한국문단사의 이면을 정리하지 못해 한국문학사를 더 풍성하게 연구하지 못했다는 점이다. 분명 한국문학사는 알려진 것보다 더 많은 연구사를 밝힐 수있을 것 같은데 하는 아쉬움이다. 조연현 연구를 위해 서울 유족과 그의 고향 함안에 거주한 지역 문인들과 친척 등을 방문해자료 조사와 인터뷰를 했다. 그를 기리는 지역 문학 행사에 초대되어 그의 문학과 문단사의 위치에 대해 특별 강연을 했다. 일제강점기 시대에 함안에서 부역을 했다는 주장과 문학사적으로 끼친 영향력에 대한 첨예한 갈등이 지속되고 있었다. 청주대 권희돈 교수는 광복기 문단에서 작가로 중요한 위치를 점한 홍구범의 자료를 모아 엮은 『홍구범 전집』을 출판했는데, 『조연현 평전』에 김동리와 함께 찍은 홍구범 사진을 발견하여 필자에게 요청해서 보내주었다. 김동리의 소개로 조연현과 조우하면서, 조연현과 함께 '문예'지를 창간하면서 순수문학 계열의 소설도 발표하는 등 홍구범은 문단에서 더욱 활기찬 활동을 전개하였다.

『한국 현대시의 탐색』은 한국 주요 시인들을 연구한 비평집이다. 비평집을 출판한 뒤에 인연을 맺은 몇몇 작가들도 있었다. 1990년대 한국 문학계의 논란의 중심에 있었던 마광수 교수가 필자를 찾는다는 이야기를 들었다. 『윤동주 연구』로 연세대에서 박사학위를 받았고, 모교에서 교수를 지낸 마광수는 소설 『즐거운 사라』 때문에 구속되기도 했으며, 한국 사회의 표현과 예술의 경계 논란을 불러일으켰다. 마광수는 후배 교수인 유성호(한양대)를 통해 부산의 문학 모임에서 나에게 알려 왔다. 연세대학 앞 서점에서 우연히 필자의 『한국 현대시의 탐색』에 실린 마광수론을 접하면서 관심을 가졌는데, 원성과 비난이 앞섰던 시기에 왜 마광수론이냐에 대한 궁금증이었다고 한다. 다행히 졸고에 깊은 관심과 성과를 평가해 주셔서 감사할 따름이었다. 한 작가를 폭력적으로 대할 때, 필자는 진지하게 문학적 논의를 할 필요성을 절실하게 느꼈다. 다행히 마광수는 나의 논의를 상당히 긍정적으로 평가했다. 그리고 연락처를 통해 나를 찾은 이유를 알았다. 90년대 마광수에 대한 사회적 논란의 중심에 서 있었기 때문에, 나는 그의 문학에 대한 탐색이 이루어진 다음에 그의 평가가 이루어져야 마땅하다고 생각했기 때문에 연구했다. 그는 『야하디 얄랴숑』 시집을 보내왔다. 물론 그의 마음을 새긴 사인도 함께.

이숭원 교수는 나의 졸고 「고전 시론과 현대 시론의 한 접점 연구」에 대한 논의를 긍정적으로 평가했다. 김재홍 교수가 주도한 "한국 시학 연구" 창간호에 원고를 실었던 논문으로, 시 분석은 주로 외국 이론의 적용으로만 가능하지만, '선조들의 시적 감흥이 녹였던 한시에도 감상 이론이 없을까'라는 궁금증으로 시작된 논문이었다. 현대시 연구자는 현대시만, 한시 연구자는 한시에 집중하여 연구하는 분위기를 보면서, 두 이론의 접점을 고민하였고, 그 결과 논의를 완성하였다.

정일근은 울산 지역의 문학계를 조금은 기름지게 했다. 울산 작가회의를 중심으로 울산지역 문단의 활성화를 위해 고군분투했다. 울산에 있는 동안, 지역 문화를 활성화하였고 나름 예술의 도시, 문학 도시를 만들기 위해 노력했다. 울주군 산악영화제에 참여한 소설가 김훈과 울산역에서 잠깐 뵈었다. 여전히 시인은 나를 '박박'이라고 불렀다. 김훈의 『칼의 노래』에 대한 비평 글을 「죽음 속에 감추어진 삶의 욕망」으로 『비평과 삶의 감각』에 실었다. 그의 작품은 섬뜩했고, 정일근의 『경주 남산』은 아름다웠다. 순천 문학관에 방문하여, 60년대 문학의 거장 소설가인 김승옥을 만났다. 그는 이제 육신의 아픔으로 침묵의 길을 걷고 있었다. 그러나 그의 소설은 육신의 침묵과 달리 독자들에게 큰 목소리로 말하고 있을 것이다.

『현대시 분석 방법론』은 서구 이론에만 함몰된 비평에 대한 이론적 탐색으로 비평가만의 객관성과 엄밀성을 찾아 시를 비평하는 방법론에 대한 모색으로 울산작가상을 수상했다. '한국 현대시를 우리의 틀로 연구하고 분석하는 객관적 접근 방법이 없을까'라는 의도로 집필한 저서이다. 『비평과 삶의 감각』은 비평가의 감각을 짚었고, 『현대시와 표절 양상』에서는 표절 문제를 이론적으로 접근한 비평집이다. 『현대시와 표절 양상』에서는 한국 문단의 고질적 병폐인 표절에 관한 논의를 정리하였다. 작품에 관한 표절 자료를 분석하고, 표절과 창작의 경계에 대한 논의를 진행하였다. 표절이 지적 사기인지, 패러디인지 그 경계를 연구한 저작이다.

대학 시절, 대학 도서관에서 밤새도록 문학을 연구했고, 의자 세 개를 이어 잠을 청했던 날들은 문학에 대한 감각과 열정의 시간이었다. 문학론 강의를 들었던 강은교, 신진, 차한수, 박철석 교수는 모두 문학의 길잡이 역할을 해 주었다. 강은교 시인의 잔잔한 미소에 담긴 시적 향취를 느낄 수 있었고, 학위 논문 지도 교수이신 차한수 교수는 악력이 강하고 '손'에 관한 연작을 창작한 시인이기도 하다. 김재홍 교수에게 박사학위 논문을 지도받을 수 있도록 기회를 제공한 분이다. 시를 쓰면서 청마 연구에 매진했던 박철석 교수. 신진 교수의 학문적 길 안내와 함께 대학 강단에서 더 많이 연구하고 강의할 수 있는 기회를 만들려고 애써 주신 은사의 마음을 잊을 수가 없다. 대학 강의를 할 수 있도록 좋은 평가도 해 주셨지만, 기회가 주어지지 못해 꿈에도 나타나신 분이다. 정지용 상징성 연구에 조예가 있는 분이다. 대학 강단에서 연구하고 열정을 펼치려는 기회를 가지려고 노력했던 필자에게 어리석음과 학문성의 부족을 탓한 교수들도 있었다. 그분들은 과연 학문성이 있었는지도 여전히 궁금했었다. 그러나 필자의 『송욱 문학 연구』, 『송욱 평전』 그리고 『작가 연구 방법론』, 『조연현 평전』, 『현대시 분석 방법론』 등은 후학들에게 평가받을 만하다고 생각한다.

어떤 작가와 작품을 연구할 것인가는 한국문학사에서 그 위치를 정하는 일이며, 후학들에게 조명받을 기회를 만드는 것이다. 문학 연구는 문학 비평사에 기여해야 한다. 그래서 한국문학사는 풍부하게 되는 것이다. 한국문학사의 문지기를 자처했던 김윤식 서울대 교수의 옆자리에 함께 있으면서 '한국문학 묘지명'에 잡초라도 제거하고 싶은 마음이 간절했다. 한국문학만의 묘지 양식을 세웠던 김윤식이 세운 '한국문학 묘지명'에 조금 힘을 보태고자 하였으나, 지금, 이 글을 쓰는 자리에만 머문 것 같아 필자는 문학에 대한 열정과 날카로움의 부족에 자괴감이 든다.

자신이 선 땅 위에서 선을 그으면, 직선이든 곡선이든 그 끝은 어디일까? 선은 삶의 방향이다. '이제는 어디로 갈 것인가'라는 새로운 삶의 도정에서, 방황에서, '독자 정신'을 찾았다. 그래서 한 줄의 글을 더 쓸 수가 있었다. 리터러시(literacy)는 글을 읽고 쓸 줄 아는 능력이다. 나는 리터러시의 문맹(文盲)이 되지 않아야겠다.

박종석

문학평론가, 문학박사
2015 개정 고등학교 '국어' 교과서 집필 위원
「송욱 문학 연구」, 「송욱 평전」, 「한국현대시의 탐색」
「작가연구 방법론」(문화관광부 추천-우수학술도서)
「현대시 분석 방법론」(울산 작가상)
「비평과 삶의 감각」, 「조연현 평전」, 「현대시와 표절 양상」
「송욱의 실험 시와 주체적 시학」, 「에고티스트 송욱의 삶과 문학」
「박종석의 글쓰기 기술」(수정 증보판)
「바로 써먹는 수업의 기술」 외 교육 관련 저서 다수
교육 평가, 논술, 독서 관련 강의

우리
시대의 독자

초판인쇄 2022년 3월 31일
초판발행 2022년 3월 31일

지은이 박종석
펴낸이 채종준
펴낸곳 한국학술정보㈜
주 소 경기도 파주시 회동길 230(문발동)
전 화 031) 908-3181(대표)
팩 스 031) 908-3189
홈페이지 http://ebook.kstudy.com
E-mail 출판사업부 publish@kstudy.com
출판신고 2003년 9월 25일 제406-2003-000012호

ISBN 979-11-6801-432-9 03800